EL REGALO DE SU INOCENCIA

LYNNE GRAHAM

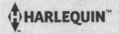

Editado por Harlequin Ibérica.
Una división de HarperCollins Ibérica, S.A.
Núñez de Balboa, 56
28001 Madrid

© 2016 Lynne Graham
© 2016 Harlequin Ibérica, una división de HarperCollins Ibérica, S.A.
El regalo de su inocencia, n.º 2459 - 20.4.16
Título original: Leonetti's Housekeeper Bride
Publicada originalmente por Mills & Boon®, Ltd., Londres.

I.S.B.N.: 978-84-687-7869-3
Depósito legal: M-2989-2016
Impresión en CPI (Barcelona)
Fecha impresion para Argentina: 17.10.16
Distribuidor exclusivo para España: LOGISTA
Distribuidores para México: CODIPLYRSA y Despacho Flores
Distribuidores para Argentina: Interior, DGP, S.A. Alvarado 2118.
Cap. Fed./Buenos Aires y Gran Buenos Aires, VACCARO HNOS.

Capítulo 1

GAETANO Leonetti tenía un mal día. La cosa había comenzado al amanecer, cuando le sonó el móvil y empezaron a aparecer en la pantalla una serie de fotografías que lo enfurecieron, pero que sabía que enfurecerían aún más a su abuelo y al muy conservador consejo de administración del banco. Por desgracia, despedir a la responsable del artículo, publicado en un popular periódico sensacionalista, era la única satisfacción que le cabía esperar.

–No es culpa tuya –le dijo Tom Sandyford, asesor legal y amigo íntimo de Gaetano.

–Claro que es culpa mía –gruñó él–. Era mi casa y mi fiesta, y la mujer que había en mi cama la que había organizado la maldita fiesta.

–Celia es una estrella de telenovela con una adicción a la cocaína que desconocías –le recordó Tom–. ¿No la despidieron de la serie cuando la dejaste?

Gaetano asintió al tiempo que apretaba los dientes.

–Ha sido mala suerte, eso es todo –opinó Tom–. No puedes pedir a tus invitados que te manden sus credenciales por anticipado, por lo que no tenías forma de saber que algunos no eran de fiar.

–¿De fiar? –repitió Gaetano con sus bellos rasgos fruncidos.

Aunque había nacido y se había criado en Inglaterra, en su casa se hablaba italiano, y algunas palabras y giros ingleses todavía le resultaban desconocidos.

–Personas decentes e íntegras. En el mundo privilegiado en que te mueves, ¿cómo ibas a saber que algunas eran prostitutas?

–La prensa lo sabía –contraatacó Gaetano.

–El público lo olvidará enseguida, aunque la rubia bailando desnuda en la fuente es memorable –apuntó Tom mientras volvía a mirar el periódico.

–No recuerdo haberla visto. Me fui pronto de la fiesta para volar a Nueva York. Todos estaban vestidos cuando salí. Lo único que me faltaba era otro escándalo como este.

–Parece que los escándalos te persiguen. Supongo que el viejo y el consejo de administración estarán en pie de guerra, como siempre.

Gaetano asintió en silencio. En nombre de la lealtad y el respeto familiares, había pagado por el último escándalo con su fiero orgullo y ambición. Dejar que su abuelo Rodolfo, de setenta y cuatro años, le echara una bronca como a un escolar travieso había sido una terrible experiencia para un multimillonario cuyo consejo a la hora de invertir solicitaban tanto el gobierno inglés como otros gobiernos extranjeros.

Y cuando Rodolfo le había reprochado que fuera un mujeriego, Gaetano tuvo que respirar hondo varias veces para no decirle al anciano que las expectativas y los valores habían cambiado desde mil novecientos cuarenta tanto para los hombres como para las mujeres.

Rodolfo Leonetti se había casado con la hija de un humilde pescador y, durante sus cincuenta años de matrimonio, nunca había mirado a otra mujer. Rocco, su único hijo y padre de Gaetano, no había seguido el consejo paterno sobre los beneficios de casarse pronto. Rocco había sido un famoso playboy y un jugador empedernido. A los cincuenta y tantos años se casó con una mujer que podía ser su hija, que le dio un hijo. Rocco murió diez años después, tras haber realizado grandes esfuerzos en el lecho de otra mujer.

Gaetano creía que llevaba pagando por los pecados de su padre desde su nacimiento. A los veintinueve años de edad, era uno de los banqueros más importantes del mundo, pero estaba cansado de tener que demostrar continuamente su valía y de tener que limitar sus proyectos a las estrechas expectativas del consejo de administración. Había hecho ganar millones al Leonetti Bank, por lo que se merecía que le nombraran consejero delegado.

El ultimátum que Rodolfo le había planteado esa mañana lo había indignado.

«¡Nunca serás consejero delegado del banco si no cambias de forma de vida y te conviertes en un respetable hombre de familia!», le había dicho su abuelo, muy enfadado. «No te apoyaré ante el consejo y, por muy brillante que seas, Gaetano, el consejo siempre me hace caso. No se ha olvidado de que tu padre estuvo a punto de llevar el banco a la quiebra con sus arriesgadas operaciones.

Sin embargo, ¿qué tenía que ver la vida sexual de Gaetano con su habilidad y conocimientos como banquero? ¿Desde cuándo una esposa y unos hijos eran la única medida del juicio y la madurez de un hombre?

Gaetano no tenía el menor interés en casarse. De hecho, le repelía la idea de atarse a una mujer de por vida y temía que un divorcio lo despojara de la mitad de su fortuna.

Trabajaba mucho. Había sacado matrícula de honor en las universidades internacionales más prestigiosas y, desde entonces, sus logros habían sido inmensos. ¿Por qué no era suficiente? En comparación, su padre había sido un niño mimado que, como Peter Pan, se había negado a crecer.

Tom lo miró compungido.

–No me digas que el viejo te ha vuelto a soltar el rollo de que busques a una chica normal.

–«Una chica corriente a la que le gusten las cosas sencillas de la vida» –citó literalmente Gaetano, ya que los discursos de su abuelo siempre acababan igual: casarse, sentar la cabeza, tener hijos con una mujer hogareña... y la vida sería un paraíso para Gaetano. Pero él ya había visto en qué se había convertido esa fantasía para amigos que se habían casado y, después, divorciado.

–Tal vez pudieras viajar en el tiempo a los años cincuenta del siglo pasado para buscar a esa chica corriente –bromeó Tom al tiempo que pensaba cómo era posible que la era de la liberación de la mujer y de la mujer trabajadora hubiera pasado inadvertida para Rodolfo Leonetti, que creía que seguía existiendo esa clase de chicas.

—Lo bueno es que, si conociera a una chica «corriente» y anunciara que nos íbamos a casar, Rodolfo se quedaría anonadado. Es un esnob. Por desgracia, está tan obsesionado con que me case que bloquea mi ascenso en el banco.

Su secretaria entró y le tendió dos sobres.

—La cancelación del contrato debido al incumplimiento de la cláusula de confidencialidad y el aviso de abandonar la vivienda que acompaña al puesto laboral —explicó ella—. El helicóptero lo espera en la azotea.

—¿Qué pasa? —preguntó Tom.

—Voy a Woodfield Hall a despedir al ama de llaves, que ha entregado las fotos a la prensa.

—¿Ha sido el ama de llaves? —preguntó Tom, sorprendido.

—Se la mencionaba en el artículo. No es una mujer muy inteligente que digamos —apuntó Gaetano en tono seco.

Poppy se bajó de un salto de la bicicleta y corrió a la tienda del pueblo a comprar leche. Como siempre, llegaba tarde, pero no podía tomar café sin leche y no se despertaba del todo hasta haberse bebido dos tazas. Su melena de rizos pelirrojos le saltaba sobre los hombros al tiempo que sus verdes ojos brillaban.

—Buenos días, Frances —saludó alegremente a la mujer que estaba tras el mostrador.

—Me sorprende verte tan contenta esta mañana.

−¿Por qué no iba a estarlo?

La mujer dio una palmada a un periódico muy sobado que había sobre el mostrador y lo giró para que Poppy leyera el titular. Ella palideció, agarró el diario y pasó la página con impaciencia. Gimió al ver la foto de la rubia bailando en la fuente. Damien, su hermano, se la había hecho en aquella noche de infausta memoria. Poppy lo sabía porque lo había visto presumir de ella ante sus amigos.

−Parece que tu madre ha dicho lo que no debe −señaló Frances−. Creo que al señor Leonetti no le va a gustar.

Poppy pagó el periódico y la leche y salió de la tienda. ¿Cómo había conseguido el periódico la foto? ¿Y las otras?, ¿las de los cuerpos, por suerte no identificables, de los dormitorios? Cuando un invitado borracho había animado a Damien a unirse a la fiesta, ¿había hecho él fotos aún más comprometedoras? Y su madre... ¿Qué se había apoderado de ella para arriesgar su puesto de trabajo al lanzar a su jefe a los pies de la prensa sensacionalista?

Volvió a montarse en la bici. Por desgracia, sabía por qué su madre se había comportado de esa manera: Jasmine Arnold era una alcohólica.

Poppy la había llevado una vez a una reunión de Alcohólicos Anónimos y le había sentado muy bien, pero no consiguió llevarla a una segunda. Jasmine bebía todo el día mientras Poppy se esforzaba en hacer el trabajo de su madre y el suyo propio. ¿Qué otra cosa podía hacer cuando el techo que tenían dependía del trabajo de Jasmine?

Y, a fin de cuentas, ¿no era culpa de Poppy que su

madre se hubiera hundido de aquella manera, ya que ella no se había dado cuenta a tiempo, por lo que había tenido que volver a vivir con su familia?

Era una suerte que Gaetano solo las visitara una o dos veces al año. Claro que una hermosa casa de campo a bastante distancia de Londres tenía escaso interés para él. Si hubiera ido con más frecuencia, Poppy no habría podido ocultarle durante tanto tiempo el estado de su madre.

Pedaleó con fuerza para subir la colina y entró a toda velocidad en el jardín de Woodfield Hall.

La hermosa casa había sido el hogar inglés de los Leonetti desde el siglo XVIII, cuando la familia había llegado de Venecia para instalarse en ella como prestamistas. Y, si había algo que a la familia se le daba bien, era ganar dinero, reflexionó Poppy con tristeza al tiempo que se negaba a pensar en Gaetano de forma más personal.

Gaetano y ella se habían criado en la misma casa, pero sería mentira afirmar que alguna vez habían sido amigos.

Él era seis años mayor y se había pasado la mayor parte del tiempo en caros internados.

Pero Poppy sabía que se enfurecería por la publicación de las fotos. Era un fanático de su intimidad, y su idea de la diversión era una fiesta de sexo.

Se le cayó el alma a los pies ante el problema que se le avecinaba. Por mucho que trabajara, la vida no le resultaba más fácil, y siempre había otra crisis a la vuelta de la esquina dispuesta a estallar. ¿Cómo iba a cuidar de su madre y su hermano cuando su instinto de supervivencia era tan deficiente?

La familia Arnold vivía en un piso, producto de la reforma de las antiguas cuadras de la casa. Jasmine Arnold, una mujer alta, muy delgada, pelirroja y de cuarenta y tantos años, se hallaba sentada a la mesa de la cocina cuando su hija entró.

Poppy lanzó el periódico a la mesa.

—¿Has perdido el juicio para hablar con los periodistas de la fiesta, mamá? —le preguntó antes de abrir la puerta trasera y llamar a gritos a su hermano.

Damien salió de uno de los garajes limpiándose las manos de grasa con un trapo.

—¿Qué pasa? —preguntó, irritado, mientras su hermana avanzaba hacia él.

—¿Has dado las fotos que sacaste a un periodista?

—No. Mamá sabía que las tenía en el teléfono y se las entregó. Las ha vendido por un montón de dinero y le han hecho una entrevista.

Poppy se quedó anonadada ante el hecho de que su madre hubiera aceptado dinero por ser desleal a su jefe.

Damien gimió ante la expresión del rostro de su hermana.

—Poppy, ya debieras saber que mamá haría lo que fuera por conseguir dinero para bebida. Le dije que no entregara las fotos ni hablara con ese tipo, pero no me hizo caso.

—¿Por qué no me dijiste lo que había hecho?

—¿Qué podías hacer? Tenía la esperanza de que no usaran las fotos o de que, si lo hacían, no apareciera en ellas nadie importante. Dudo que Gaetano lea todas las estupideces que se publican sobre él. ¡Siempre sale en los periódicos!

–Pero, si estás equivocado, a mamá la despedirán y nos echarán del piso.

Damien no era de los que se preocupaban por algo que tal vez no llegara a ocurrir.

–Esperemos que no me haya equivocado.

Poppy se parecía a su difunto padre: se preocupaba por todo. Parecía mentira que solo unos años antes la familia Arnold estuviera compuesta de cuatro felices miembros. El padre era el jardinero de Woodfield Hall; la madre, el ama de llaves. A los veinte años, Poppy llevaba dos estudiando para enfermera mientras que Damien acababa de completar su formación como mecánico. Y de pronto, sin previo aviso, su querido padre había muerto y sus vidas habían quedado destrozadas.

Poppy había dejado los estudios durante un tiempo para ayudar a su madre a pasar el duelo y los había retomado más tarde. Por desgracia, y sin que ella lo supiera, las cosas habían empeorado. Su madre había enloquecido y Damien había sido incapaz de enfrentarse a lo que estaba sucediendo en el hogar. Después, se había juntado con malas compañías y había acabado en la cárcel.

Fue entonces cuando Poppy volvió a casa y halló a su madre sumida en una depresión y bebiendo mucho. Poppy dejó los estudios con la esperanza de que su madre se recuperara pronto, lo cual no ocurrió. Su único consuelo fue que, tras salir de la prisión por buena conducta, su hermano siguió por el buen camino, aunque no pudo encontrar trabajo debido a sus antecedentes penales.

Poppy seguía sintiéndose culpable de haber dejado que fuera su hermano pequeño quien tuviera que ocuparse de su madre. Al desear proseguir con sus estudios para ser la primera mujer de los Arnold que no se ganara la vida sirviendo a los Leonetti, había sido egoísta y, desde entonces, había intentado subsanar su error.

Cuando Poppy volvió a entrar en su casa, su madre se había encerrado en su habitación. Poppy reprimió un suspiro y se puso unos guantes de goma para empezar a limpiar. Cada semana lo hacía en varias habitaciones de la gran casa. Era paradójico que se hubiera opuesto tajantemente a trabajar para los Leonetti durante su adolescencia para acabar, de todos modos, haciéndolo, aunque de forma extraoficial. Por las noches trabajaba de camarera en el pub local.

A pesar de lo ocupada que estaba, no conseguía dejar de pensar en Gaetano. Era el único niño al que había odiado, pero también el único al que había querido. A los dieciséis años había sido tan estúpida como para imaginarse que podía tener una relación con el elegante y privilegiado hijo de la familia Leonetti. Las hirientes palabras que él le había dirigido aún la dolían.

«No me relaciono con los empleados», le había dicho, haciendo hincapié en que no eran iguales y en que él siempre pertenecería a un estrato social diferente. «Deja de insinuárteme, Poppy».

¡Qué vergüenza había sentido al darse cuenta de cómo había interpretado él su conducta, cuando, en realidad, simplemente era demasiado joven e inexperta para saber que debía ser más sutil a la hora de demostrar que estaba interesada en él y disponible!

«Eres baja, con demasiadas curvas y pelirroja. No eres mi tipo».

Habían pasado siete años desde aquel humillante incidente y no había vuelto a ver a Gaetano desde entonces, ya que siempre lo evitaba cuando se le esperaba en la casa. Así que él no sabía que había adelgazado y había crecido unos centímetros, aunque tampoco fuera a importarle, pensó ella. Al fin y al cabo, le gustaban las mujeres hermosas y elegantes, vestidas con ropa de diseño.

Después de haber dedicado unas horas a la limpieza para asegurarse de que la mansión estaba preparada para recibir una visita que se avisara con poca antelación, Poppy volvió a su casa para cambiarse e ir al pub. Jasmine yacía sin sentido en la cama, con una botella de vino barato vacía a su lado.

Poppy reprimió un suspiro al recordar lo activa, trabajadora y cariñosa que había sido su madre. El alcohol le había robado esas cualidades. Jasmine necesitaba cuidados especializados y rehabilitación, pero no los había en el pueblo, y Poppy no creía que pudiera reunir el dinero suficiente para pagarle una clínica privada.

Se vistió con prendas de estilo gótico, que llevaba desde que era adolescente. Había perdido mucho peso desde que tenía dos trabajos y estaba convencida de que la ropa que usaba disimulaba muy bien su delgadez.

Cuando hubo acabado su turno en el bar, se puso el abrigo y salió a esperar a que Damien pasara a recogerla en la moto.

–Gaetano Leonetti ha llegado en helicóptero esta tarde –le dijo su hermano–. Pidió ver a mamá, pero estaba inconsciente, por lo que tuve que fingir que estaba enferma. Me dio unos sobres para ella, que abrí cuando se hubo ido. Ha despedido a mamá y nos da un mes para dejar el piso.

Poppy gimió, angustiada.

–Supongo que esta vez ha visto el periódico –observó Damien–. Le ha faltado tiempo para venir a echarnos.

A Poppy se le cayó el alma a los pies, pero, a pesar de ello, preguntó a su hermano:

–¿Acaso tiene la culpa?

¿Adónde irían? ¿Cómo vivirían? No tenían dinero ahorrado para una emergencia. Su madre se bebía su sueldo y Damien vivía de las ayudas sociales.

Pero Poppy era una luchadora. Se parecía más a su padre que a su madre. No se hundía cuando las cosas iban mal. Su madre, sin embargo, no se había repuesto del aborto que había sufrido un año antes de la muerte de su esposo. Esas dos terribles calamidades tan seguidas habían acabado con ella.

Poppy tragó saliva al montarse en la moto y agarrarse a la cintura de su hermano. Recordó la alegría de su madre ante aquel inesperado y tardío embarazo, que, al final, solo le había causado dolor.

Mientras pasaban frente a la mansión, Poppy vio luz en la biblioteca y se puso tensa. ¿Gaetano se había quedado a pasar la noche?

–Sí, sigue ahí –le confirmó Damien mientras guardaba la moto–. ¿Y qué?

–Voy a hablar con él.

–¿Para qué? ¡Como si le importáramos lo más mínimo!

Pero Gaetano tenía corazón, pensó ella. Al menos, lo tenía a los trece años, cuando su padre había atropellado a su perro, Dino, y lo había matado. Poppy había visto lágrimas en los ojos de Gaetano, y ella también había llorado.

Dino no fue sustituido por otro perro y, cuando ella le preguntó por qué, él se limitó a responder: «Los perros se mueren».

Ella era demasiado joven para entender esa forma de pensar, ese modo de levantar barreras contra la amenaza de volver a sufrir. No lo había visto llorar en el entierro de su padre, pero lo había visto casi tan destrozado como su abuelo cuando su abuela había muerto.

La pareja de ancianos habían sido más padres para él que sus verdaderos progenitores. Al cabo de un año de estar viuda, su madre había vuelto a casarse y se había marchado a Florida sin su hijo.

Poppy respiró hondo mientras rodeaba la casa con Damien pisándole los talones.

–¡Casi es medianoche! –susurró él–. No puedes ir a verlo ahora.

–Si espero a mañana, perderé el valor.

Damien se refugió en las sombras y la observó llamar al timbre. Se oyó una voz cerca de ella y Poppy se estremeció, sorprendida, al tiempo que giraba la cabeza y veía acercarse a un hombre trajeado hablando por el móvil.

–Soy de seguridad, señorita Arnold –dijo el hombre en voz baja–. Le estaba diciendo al señor Leonetti quién llamaba.

Poppy se contuvo para no soltar una palabrota. Había olvidado las medidas de seguridad que rodeaban a los Leonetti.

–Quiero ver a su jefe.

El hombre hablaba en italiano por el móvil, por lo que ella no entendió nada. Cuando el hombre frunció el ceño, ella insistió.

–Tengo que ver a Gaetano. Es muy importante.

Unos segundos después, oyó descorrer los pesados pestillos para que la puerta se abriera. Otro hombre se echó a un lado para que entrara en el vestíbulo de suelo de mármol y lleno de valiosos cuadros.

Poppy se irguió y sacó pecho, a pesar de que estaba acobardada por lo que tenía que decir a Gaetano. Pero, en aquella coyuntura, decirle la verdad era la única opción.

¿Poppy Arnold? Gaetano revivió varias imágenes borrosas: Poppy de pequeña chapoteando en la orilla del lago a pesar de sus advertencias; llorando por la muerte de Dino con todo el sentimiento que los de su clase no sabían reprimir; mirándolo fijamente cuando él tenía quince años, un escrutinio que, un año después, se había vuelto menos inocente; y, por último, Poppy con una sonrisa sensual al salir de unos arbustos seguida de un trabajador de la finca, ambos estirándose la ropa arrugada y manchada de hierba.

Pensó que, dado el número de años que los Arnold llevaban al servicio de su familia, era justo escuchar lo que Poppy tenía que decir en defensa de su madre. De todos modos, llevaba años sin pensar en ella. ¿Seguía viviendo con su familia? Le sorprendió, ya que creía que habría huido del campo y de un tipo de trabajo que consideraba rayano en la servidumbre.

¿Cuánto habría cambiado?, se preguntó mientras se apoyaba en el borde del escritorio de la biblioteca y esperaba a que entrara.

Oyó un ruido de tacones en el pasillo y la puerta se abrió revelando unas piernas que podían rivalizar con las de cualquier corista de Las Vegas. Desconcertado por aquel pensamiento inesperado, desvió su atención de aquellas piernas tan largas y bien formadas y la centró en el rostro femenino, lo cual volvió a sobresaltarlo.

El tiempo había transformado a Poppy Arnold en una pelirroja alta y deslumbrante. Los ojos verdes permanecían inalterados, pero el óvalo de la cara se le había afinado y presentaba la exquisita forma de un corazón, con pómulos marcados, una nariz pequeña y una boca de labios carnosos y sonrosados que podía figurar en cualquier fantasía masculina.

A Gaetano comenzó a palpitarle la entrepierna y pensó que el patito feo se había transformado en un cisne.

—Señor Leonetti —dijo ella tan educadamente como si no se conocieran.

—Gaetano, por favor —respondió él, sin ver motivo para tanta ceremonia—. Nos conocemos desde niños.

—Creo que nunca llegué a conocerte —replicó ella con sinceridad mientras lo examinaba detenidamente.

Esperaba observar en él cambios poco atractivos, ya que tenía casi treinta años y llevaba una vida decadente que, sin duda, se traduciría en algún deterioro físico. Pero no había señal alguna de corpulencia en su alta figura ni de flaccidez en la poderosa mandíbula. Y su cabello oscuro y ondulado seguía siendo tan abundante como siempre.

Estaba aún más guapo que siete años antes, cuando se había enamorado de él. En aquella época, ella era una cría estúpida, pero reconoció que incluso entonces tenía buen gusto, ya que Gaetano era deslumbrante como pocos hombres.

Sintió calor entre las piernas y apretó los muslos. Los ojos oscuros de él, poblados de largas pestañas, miraban los suyos con una intensidad que le puso los pelos de punta.

—¿Sigues viviendo aquí con tu madre y tu hermano? —preguntó Gaetano.

—Sí. Probablemente te preguntarás por qué he venido a verte a esta hora, pero es que trabajo en el pub del final de la calle y acabo de terminar mi turno.

A Gaetano le sorprendió agradablemente que hubiera sido capaz de pronunciar dos frases seguidas sin salpicarlas de las palabrotas que poblaban su forma de hablar siete años antes. Así que era camarera: eso explicaría su atuendo, aunque fuera más propio de un club nocturno.

—He visto el artículo del periódico —apuntó ella—. Quieres despedir a mi madre por haber hablado de la fiesta y vendido las fotos. No niego que tengas motivos para hacerlo.

—¿Quién hizo las fotos?

Poppy hizo una mueca.

—Uno de los asistentes invitó a mi hermano a unirse a la fiesta cuando lo vio fuera indicando a los coches dónde aparcar. Mi hermano hizo lo que la mayoría de los jóvenes harían al ver a mujeres semidesnudas: les hizo fotos con el móvil. No estoy excusando su comportamiento, pero no vendió las fotos. Fue mi madre quien lo hizo.

–Supongo que veré a tu madre mañana, antes de marcharme. Pero te lo voy a preguntar a ti. Mi familia siempre ha tratado bien a tu madre. ¿Por qué lo hizo?

Poppy respiró hondo y alzó la barbilla.

–Mi madre es una alcohólica, Gaetano. Le ofrecieron dinero, y eso bastó. Lo único en que pensaba era en comprarse una botella. Me temo que no ve más allá.

Gaetano frunció el ceño. No estaba preparado para esa revelación, aunque no iba a suponer un cambio para su decisión. La deslealtad era algo que no podía pasar por alto en un empleado.

–Tu madre debe de ser una alcohólica con capacidad para seguir trabajando, ya que la casa parece en buen estado.

–No, no es capaz de trabajar. Llevo más de un año haciéndolo yo. Soy yo la que cuida de la casa.

El rostro de Gaetano se endureció.

–Es decir, ha habido una campaña para engañarme sobre lo que sucedía aquí –afirmó con una acritud que la dejó consternada–. Podías haberme pedido comprensión e incluso ayuda, pero decidiste no hacerlo. No tolero el engaño, Poppy. Esta reunión ha concluido.

Poppy lo miró. El corazón le latía a toda velocidad de los nervios y la consternación.

–Pero...

–No hay circunstancias atenuantes –apuntó él con desprecio–. He oído lo que necesitaba oír y no tienes nada más que decir. Vete.

Capítulo 2

DE PRONTO, Poppy dio un paso hacia delante.

—¡No me hables así! —advirtió a Gaetano, irritada.

—Te hablo como me da la gana. Estoy en mi casa y eres uno de mis empleados.

—No, no lo soy. Trabajo gratis en beneficio de mi madre.

—Ni que te dedicaras a cavar zanjas —dijo él con impaciencia—. Como rara vez estoy aquí, no creo que cueste mucho trabajo tener la casa presentable.

—Te sorprendería saber la cantidad de trabajo que requiere una casa de este tamaño —afirmó ella. La ira hacía que sus ojos verdes parecieran azules verdosos, como las plumas de un pavo real.

—No me interesa. Y, si has trabajado gratis, es que eres estúpida, no digna de elogio.

—No soy estúpida. ¿Cómo te atreves a decirme eso? No iba a cobrarte por el trabajo por el que pagabas a mi madre.

Gaetano se encogió de hombros mientras observaba que ella se humedecía los labios con la lengua. Pensó en que podría hacer con ella otras cosas y se excitó de cintura para abajo. Tuvo que reconocer que Poppy era terriblemente sexy.

–Estoy seguro de que eres lo bastante versátil como para haber hallado la forma de solucionar el problema.

–Pero no lo bastante deshonesta como para hacerlo –afirmó ella con orgullo–. A mi madre la pagas por su trabajo y este se lleva a cabo, por lo que, en ese sentido, no tienes ningún motivo de queja.

–¿Ah, no? Las cuentas de la casa se han dejado en manos de una alcohólica.

–De ninguna manera. Mi madre ya no tiene acceso al dinero. Ya me aseguré de ello hace tiempo.

–Entonces, ¿cómo se pagan las facturas?

Poppy apretó los labios al darse cuenta de que él llevaba años sin tener ni idea de cómo funcionaba la casa.

–Las pago yo. Me he hecho cargo de las cuentas desde que mi padre murió.

–Pero no estás autorizada.

–Tampoco lo estaba mi padre, pero se encargó de ellas durante mucho tiempo.

Gaetano frunció el ceño.

–¿También tu padre tenía acceso al dinero? Pero ¿esto qué es?

–¡Por Dios! ¿Siempre eres tan rígido? –gimió ella, incrédula–. A mi madre nunca se le han dado bien los números. Mi padre siempre le hacía las cuentas. Cuando tu abuela tenía alguna duda sobre las cuentas tenía que esperar a que mi madre preguntara a mi padre. Entonces no era un secreto.

–¿Y cómo voy a confiarte una cantidad importante de dinero cuando tu hermano ha estado hace poco en la cárcel por robo? Mis contables comprobarán las cuentas y, escúchame bien, como no cuadren, daré parte a la policía.

Poppy, que se había puesto pálida cuando Gaetano le había echado en cara la condena de su hermano, permaneció inmóvil, con los músculos del rostro tensos, tratando de controlarse.

–Damien estuvo en una banda de ladrones de coches, pero no llegó a robar ninguno. Era el mecánico que revisaba los vehículos antes de que los enviaran al extranjero.

–¡Menuda diferencia!

Poppy alzó la cabeza y lo miró desafiante.

–Que tus contables revisen los libros. Las cuentas cuadrarán –afirmó con orgullo–. Y deja de hacer comentarios maliciosos sobre mi hermano desde tu posición privilegiada y adinerada. Damien infringió la ley y pagó por ello. Ha aprendido la lección. ¿Tú nunca cometes errores, Gaetano?

–¡Mi error fue permitir que se celebrara esa fiesta aquí! Y no saques a colación mi fortuna en esta conversación. No es justo.

–Entonces, no te des aires de superioridad –le aconsejó ella–. Pero tal vez no puedas evitar ser como eres.

–¿Crees que insultándome así vas a defender mejor tu causa?

–Ni siquiera me has dado la oportunidad de explicarte cuál es. ¡Solo te gusta discutir!

–¿A mí? –él la miró incrédulo.

–Quiero que le des a mi madre otra oportunidad. Sé que no te sientes muy generoso y que tienes que estar avergonzado al ver que en todos los medios de comunicación han aparecido tus pervertidas preferencias a la hora de dar una fiesta.

–No tengo ese tipo de preferencias.

–¡Me da igual si las tienes o no! No te juzgo.

–¡Cuánta generosidad de tu parte, dadas las circunstancias! –exclamó él en tono gélido.

–¡Y cuando no discutes, eres sarcástico! ¿Por qué no haces un esfuerzo para escucharme?

–Hazlo tú para no comentar mis preferencias, pervertidas o no.

–¿Me puedo quitar los zapatos? –preguntó ella de pronto–. Llevo toda la noche de pie y me duelen los pies.

Gaetano agitó la mano con impaciencia.

–Quítatelos, di lo que tengas que decir y vete. Esto empieza a aburrirme.

–Eres de lo más amable y encantador –contestó ella mientras se quitaba los zapatos, lo cual hizo que disminuyera varios centímetros de altura.

Gaetano observó cómo doblaba las larguísimas piernas cubiertas por unas medias negras y admiró sus bien torneadas pantorrillas y sus largos y delgados muslos. Eso y el movimiento de sus senos sin sujetador bajo la ajustada camiseta hicieron que le subiera la temperatura varios grados.

Apretó los dientes. ¿Lo estaba provocando a propósito? ¿Su provocativo atuendo podía considerarse una invitación? ¿Qué mujer iría a ver a un hombre a medianoche con intenciones honestas?

–Habla de una vez, Poppy –le exigió, furioso porque el cerebro se rebelaba contra su control racional e intentaba llevarlo por caminos que no quería transitar.

–Mi madre lo ha pasado muy mal en los últimos años...

Él levantó la mano para interrumpirla.

–Sé lo del aborto y lo de la muerte de tu padre, y lo siento mucho por ella. Pero su desgracia no justifica lo que ha sucedido aquí.

–Mi madre necesita que la ayuden, no que la juzguen.

–Soy su jefe, no un miembro de su familia ni su terapeuta. No es responsabilidad mía.

Poppy apuntó con voz temblorosa:

–Tu abuelo siempre decía que todos formábamos una gran familia.

–Por favor, no me digas que te lo has creído. Mi abuelo es un hombre chapado a la antigua al que le gusta la sensiblería, pero no creo que se mostrara más compasivo que yo en lo que se refiere a la seguridad de su hogar. Dejarlo en manos de una alcohólica sería una locura –afirmó Gaetano con frialdad.

–Sí, pero podrías darme el empleo de mi madre. Llevo meses desempeñando el trabajo sin recibir quejas, así que puedes elegir. Así podríamos quedarnos en el piso y no tendrías que buscar a otra persona.

–Sé perfectamente que no querías hacer tareas domésticas.

–Todos debemos hacer cosas que no deseamos, sobre todo cuando hay que hacerlas por la familia. Después de la muerte de mi padre, retomé mis estudios de enfermera y dejé a mi madre al cuidado de Damien. Mi hermano no fue capaz de ocuparse de ella. No me dijo lo mal que estaban las cosas y se metió en problemas. Mi madre es responsabilidad mía y le volví la espalda cuando más me necesitaba.

Gaetano pensó que exageraba sus problemas de conciencia.

—No funcionaría, Poppy. Lo siento. Te deseo suerte y lamento no poder ayudarte.

—No es que no puedas, sino que no quieres.

—No constituyes mi idea de lo que debe ser un ama de llaves. Lo mejor es que empieces de nuevo en otro sitio con tu familia.

No, definitivamente no quería a Poppy, con sus largas piernas, en la casa, aunque no la visitaba a menudo. Sería una tentación. Uno de sus lemas era no tener aventuras con sus empleadas. Una vez se había acostado con una antigua secretaria y lo que, para él, había sido la aventura de una noche, para ella había sido algo más, y había acabado mal.

—No es fácil empezar de nuevo —observó Poppy con voz tensa. Soy la única de los tres que trabaja. Si tenemos que mudarnos, perderé el empleo.

—Poppy, no voy a disculparme porque tu madre no haya cumplido su contrato y porque, por su culpa, me vea en medio de un escándalo. Me compadezco de tu situación, y dados los años que tu familia ha trabajado aquí con excelentes resultados, os daré una generosa indemnización que...

—¡Guárdate tu dinero! —le espetó ella perdiendo los estribos.

Era evidente que Gaetano creía que su familia y ella eran unos perdedores y que tenía tantas ganas de que se fueran de su propiedad que estaba dispuesto a pagar más para conseguirlo.

–¡No quiero nada de ti! –añadió con orgullo.

–Perder los estribos no es buena idea en la situación en que te hallas –apuntó él, irritado, mientras ella se agachaba a recoger los zapatos.

–Es lo único que me queda por perder –contraatacó ella.

–Entonces, ¿por qué haces esto? ¡Piensa en ti primero y deja que tu familia solucione sus problemas!

–¿Es eso lo que un banquero despiadado haría para salvar el pellejo? –le preguntó Poppy con desdén mientras llegaba a la puerta–. Mi madre y Damien son mi familia y, sí, somos muy distintos. Yo me parezco a mi padre: soy fuerte. Ellos no lo son. Se hunden ante los problemas. ¿Significa eso que los quiero menos? No. De hecho, los quiero más por eso. Y mientras haya el más mínimo aliento en mi cuerpo, los cuidaré lo mejor que pueda.

Gaetano no supo qué decir ante aquellas emotivas palabras. No se imaginaba lo que era querer así. Sus padres habían sido débiles y se habían equivocado, cada uno a su manera. Su padre quería aventuras; su madre, dinero.

Aprendió a despreciarlos por su carácter superficial. No habían sabido quererlo y él había dejado de hacerlo a cierta edad, al tiempo que reconocía que solo sus abuelos se preocupaban por él. Por eso le chocaba que se siguiera queriendo a una persona llena de defectos.

Admiraba la fuerza de Poppy, pero pensaba que era una estúpida por dejar que sus deseos se vieran obstaculizados por la doble carga de una madre alcohólica y un hermano inútil.

Fue a ducharse. A su abuelo le hubiera impresionado el discurso de Poppy, ya que se había pasado años aconsejando y apoyando a su irresponsable hijo y a su frívola nuera. Gaetano, sin embargo, era mucho más duro, menos paciente y menos compasivo. ¿Era un defecto?, se preguntó por primera vez.

Por otra parte, a pesar de que Rodolfo sentiría vergüenza ajena ante la madre alcohólica y el hermano delincuente convicto, ¿no era Poppy una de esas chicas corrientes que, en su opinión, sería la esposa perfecta para su nieto?

Después de haberse secado, Gaetano se acostó desnudo y siguió pensando. Se echó a reír al pensar en lo horrorizado que se quedaría su abuelo si le presentara a una joven como Poppy como su futura esposa.

Rodolfo, a pesar de no querer reconocerlo, era un esnob, cosa que cabía esperar, dado que hacía siglos que la familia era rica y poderosa. Sin embargo, se había arriesgado a que lo desheredaran al casarse con la hija de un pescador, contra los deseos de la familia. Gaetano no concebía esa clase de amor. No necesitaba emociones tan fuertes. De hecho, lo aterrorizaban.

No deseaba casarse. Tal vez, a los cuarenta se hubiera ablandado un poco y necesitara una compañera. En algún momento tendría un hijo para que la saga familiar continuara. Al recordar el matrimonio de sus padres, se estremeció. Su imagen del matrimonio era pésima. ¿Por qué no lo entendía y aceptaba Rodolfo? Era demasiado joven para sentar la cabeza, pero no para ser consejero delegado del banco.

De pronto se le ocurrió una idea extraña, que analizó en profundidad. ¿Y si le presentaba a su abuelo una novia que este considerara inadecuada? Nadie se sorprendería cuando el compromiso se anulara, y Rodolfo se sentiría más aliviado que decepcionado. Una falsa prometida incompatible sacaría a Gaetano del atolladero.

Una sonrisa se insinuó en sus labios. Elegiría una mujer corriente que fuera muy guapa, ya que así su abuelo se convencería de que se había enamorado; una mujer corriente y hermosa que lo avergonzara en público.

Poppy podía decir todas las palabrotas que quisiera, vestirse como una prostituta y contar a todo el mundo sus sórdidos problemas familiares. No tendría que darle indicaciones de cómo desentonar en su exclusivo mundo. Era un hecho que se encontraría tan fuera de su ambiente que lo haría de forma automática.

Un resquicio de conciencia, al que Gaetano rara vez hacía caso, le indicó que sería cruel someter a Poppy a semejante prueba simplemente porque le divertía y esperaba cambiar las expectativas de su abuelo. Pero no sería un compromiso real. Ella sabría desde el principio que debía fingir, y le pagaría generosamente por desempeñar el papel. Pero no necesitaría saber que él contaba con que lo avergonzara en público para anular el compromiso.

Sería perfecta para sus fines: hermosa, sin pelos en la lengua e irascible.

Poppy apenas pegó ojo esa noche. Gaetano no había dicho ni hecho nada inesperado. Por supuesto que quería que se fueran de su propiedad y perderlos de vista. Sin embargo, su actitud incrédula ante el apego de ella a su familia la había dejado anonadada. ¿Y adónde iban a ir? ¿De qué vivirían? Tendrían que recurrir a los servicios sociales. ¿Acabarían viviendo en uno de esos albergues de gente sin hogar?

Se levantó temprano, como habitualmente. Hacía sol, por lo que salió con una taza de café a la diminuta plaza ajardinada que había detrás del edificio y que era su lugar preferido del mundo. Cultivar plantas le proporcionaba un gran placer.

Multitud de tiestos con flores adornaban la zona pavimentada, donde había un banco bastante cojo. Pero su padre lo había construido, por lo que nunca se desharía de él. Bajo el cielo azul, con los pájaros cantando en los árboles, se sintió culpable por sentirse tan ansiosa y desgraciada.

–Señorita Arnold... –uno de los encargados de la seguridad de Gaetano la miraba por encima de la verja–. El señor Leonetti desea verla.

Ella se puso en pie de un salto. ¿Se lo habría pensado mejor? Se estiró la fina chaqueta que llevaba sobre su vestido negro. Esperaba que Gaetano pidiera ver a su madre y ella iba a decirle que sería incapaz de hablar con él por lo menos hasta mediodía. Se dirigió a la casa.

–El señor Leonetti la espera en el helicóptero.

Así que pensaba darle un discurso de dos minutos y marcharse, supuso ella con tristeza. No parecía, por tanto, que hubiera cambiado de opinión.

Siguió el sendero hasta el helipuerto, que se hallaba en una de las esquinas de la casa. Identificó a

Gaetano por su altura en un pequeño grupo de hombres compuesto por el piloto y los responsables de seguridad. Con su traje de diseño gris claro y su magnífico cuerpo, parecía un rey.

«No», se dijo. «Deja de admirar al hombre que va a dejaros a ti y a los tuyos sin hogar, a pesar de que tenga motivos para hacerlo».

–Buenos días, Poppy –dijo él mientras observaba su vestido y las botas de combate que lo acompañaban con aparente agrado.

La chaqueta se asemejaba a la de un jefe de pista circense, y Gaetano estuvo a punto de sonreír al imaginarse lo que pensaría su abuelo. Poppy siempre vestía de forma excéntrica. A él no le importaba: cuanto más excéntrica, mejor. Y tenía un aspecto estupendo con su extraño atuendo, su tez clara y el cabello cayéndole en rizos sobre los delgados hombros.

Se dijo que no lo atraía. Podía apreciar la belleza de una mujer sin necesitar acostarse con ella. No era tan primitivo. Pero la excitación que comenzó a sentir en la entrepierna le indicó que tal vez era más primitivo de lo que creía. Pero estaba bien, pensó, ya que Rodolfo no era tonto y se daría cuenta de la falta de química sexual, si no la hubiera.

Poppy pensó en imitar su acento pijo, pero desechó la idea porque Gaetano no se daría cuenta de la broma.

–Buenas –respondió de forma abreviada.

–Vamos a desayunar fuera, ya que no hay comida en la casa.

–¿Los dos? –preguntó ella abriendo mucho sus verdes ojos.

–Tengo que hacerte una propuesta.

Ella frunció el ceño.

—¿Una propuesta?

—Vamos a desayunar —la agarró de las caderas, la levantó y la metió en el helicóptero antes de que ella se diera cuenta.

—¿Vamos a desayunar en un helicóptero?

—Vamos a un hotel.

«¿Una propuesta?». A Poppy no se le ocurría qué quería proponerle y, aunque no le hacía gracia alguna aquel secuestro virtual, sabía que no estaba en condiciones de decirle que la dejara en paz. De todos modos, le hubiera gustado mucho hacerlo.

Los rasgos dominantes de Gaetano le ponían los pelos de punta, por no mencionar la forma en que asumía que todos debían hacer lo que quisiera sin discusión posible. Y, probablemente, estaba en lo cierto al asumirlo. Tenía dinero, poder e influencia, cosas de las que ella carecía.

El helicóptero era tan ruidoso que no pudieron hablar durante el corto viaje. Poppy miró el enorme hotel a sus pies. Pensó, irritada, que solo lo mejor complacía a Gaetano y que hubiera deseado que la advirtiera de sus planes. No se había maquillado y ni siquiera llevaba un peine, por lo que no le hacía gracia entrar en un hotel de cinco estrellas donde todos, incluyendo su anfitrión, estarían totalmente presentables. Y ella se había puesto botas de campaña porque pensaba ir en bici a por el periódico.

Sin hacer caso de los brazos abiertos de Gaetano, se bajó del helicóptero de un salto.

—Podías haberme avisado de que veníamos aquí. No estoy vestida...

Él esbozó una sonrisa.

–Tienes un aspecto fabuloso.

A ella se le quedó la boca seca y respiró hondo sin conseguir que le llegara oxígeno suficiente a los pulmones. Esa sonrisa tan atractiva... Nunca antes le había sonreído. Gaetano no prodigaba sonrisas. ¿Por qué le sonreía de repente? ¿Qué quería? ¿Qué había cambiado? ¿Y por qué le decía que tenía un aspecto fabuloso?

El director del hotel los esperaba en la puerta como si llegara la familia real y los condujo a un lugar donde aseguró a Gaetano que no los molestarían. Poppy se dispuso a escuchar su propuesta pensando que tal vez aliviaría la situación de su familia, por lo que decidió no hacer comentarios descarados. Por desgracia, su lengua solía ser más rápida que su cerebro, sobre todo cuando estaba con Gaetano, que no necesitaba mucho para ponerla furiosa.

Capítulo 3

ESE...
Poppy cambió rápidamente la palabra que había estado a punto de emplear por otra más diplomática.

—Ese comentario que has hecho de que no hay comida en la casa... No sabíamos que ibas a venir.

Antes de sentarse, Gaetano observó que el camarero sacaba la silla para que lo hiciera Poppy. El sol que entraba por la ventana transformaba su cabello en un halo. Ella leyó la carta y pidió cereales con chocolate y un chocolate a la taza. A él le sorprendió que, dada la cantidad de opciones, no hubiera pedido otra cosa.

—Se supone que en la casa tiene que haber comida siempre —le recordó él, después de pedir.

—Pero de este modo es mucho más económico. Cuando empecé a trabajar sustituyendo a mi madre, tenía que tirar a la basura montones de comida todas las semanas y me dolía hacerlo cuando hay tanta gente en el mundo que se muere de hambre. Hasta ayer, siempre nos llamaban por teléfono para decir que venías, por lo que había anulado las entregas de comida. Ah, y las de flores. Te he ahorrado mucho dinero —afirmó con orgullo.

–No me hace falta ahorrar. Quiero que la casa esté siempre lista para ser utilizada.

Poppy le lanzó una mirada apenada.

–Pero es un desperdicio.

Gaetano se encogió de hombros. Nunca había pensado en ello y no veía por qué tendría que hacerlo cuando donaba millones todos los años para obras benéficas. Hacer lo que quería, cuando quería y sin avisar era importante para él, porque rara vez descansaba del trabajo.

–No soy tacaño con el dinero, pero, si la casa no está preparada para ser usada de inmediato, no puedo ir cuando me apetezca.

Poppy abrió el pequeño paquete de cereales y lo echó en el cuenco. No le añadió leche, sino que comenzó a comérselos con los dedos, como siempre hacía. Gaetano la miró durante unos segundos, pero no dijo nada. Durante esos mismos segundos, ella temió que fuera a pegarle en la mano por sus malos modales, y se puso colorada, aunque no estaba dispuesta a cambiar su comportamiento para doblegarse ante él.

Los ricos eran distintos, pensó con tristeza.

–Me gusta el chocolate de cualquier forma. No me gustan los cereales blandos. Creo que tenías que hacerme una propuesta.

–Mi abuelo quiere que me case antes de nombrarme consejero delegado del banco. Como no quiero hacerlo, creo que un falso compromiso lo haría feliz a corto plazo. Le convencería de que voy en la dirección adecuada y dejaría de temer que soy incapaz de sentar la cabeza.

–¿Por qué me cuentas eso? –preguntó ella, sin entender nada.

–Porque quiero que seas tú mi falsa prometida.

–¿Tú y yo? –Poppy lanzó una carcajada ante la mirada desconcertada de Gaetano–. Estás de broma, ¿no? ¡Nadie se creería que somos pareja!

–Pues no te parecía tan divertido cuando eras una adolescente –replicó él con desdén.

–¡Eres un canalla! –Poppy se levantó de un salto y se alejó de la mesa. No había conseguido superar el sentimiento de rechazo y humillación de aquella época. Al fin y al cabo, era muy joven e ingenua para él, además de ser la hija de uno de sus empleados, por lo que hubiera sido inadecuado que él la correspondiera, incluso aunque lo hubiera deseado.

Unas semanas después de que él la hubiera rechazado, Gaetano se presentó con una amiga en la fiesta del verano que se celebraba cada año. Poppy se había sentido enferma al ver a aquella chica hermosamente vestida y con clase que parecía salida de un anuncio. Se había dado cuenta de que era patético albergar la esperanza de que Gaetano se interesara por ella, y, debido a ese sentimiento de no valer nada y de vergüenza, Poppy se había visto en una situación poco prudente.

–Poppy... –murmuró él deseando haber dejado enterrado ese recuerdo del pasado.

–¡Por el amor de Dios, tenía dieciséis años! Y tú eras el único chico apetecible en mi entorno, por lo que no es de extrañar que me encaprichara de ti. Fue una cuestión hormonal, nada más. No tenía la madurez suficiente para reconocer que eras un tipo totalmente inadecuado para mí.

–¿Por qué? –preguntó él, sin saber el motivo de haberlo hecho.

A Poppy también le sorprendió la pregunta.

–No me cabe la menor duda de que eres un buen partido, ya que naciste rico y muy guapo. Eres ambicioso y consigues lo que te propones, pero no tienes corazón. Además, eres mortalmente serio y convencional. Somos totalmente opuestos. Lo siento si te he ofendido de algún modo, no era mi intención.

Las mejillas de Gaetano se habían coloreado ligeramente. Sentía que Poppy lo había puesto en su sitio porque todo lo que le había dicho era verdad.

Se produjo un silencio cargado de tensión. Él alzó la cabeza y la vio allí, de pie, a la luz del sol. Parecía un ángel. En aquel momento en que el tiempo parecía haberse detenido, deseó a Poppy como no había deseado a ninguna otra mujer. Respiró hondo y apartó la vista mientras trataba de recuperar la lógica y el control.

–Sigo queriendo que hagas el papel de mi falsa prometida –dijo con voz ronca, ya que con solo observar su blanca piel, sus luminosos ojos y su suculenta boca se sentía terriblemente excitado–. Rodolfo quiere que elija a una mujer corriente y tú eres la única que conozco que cumpla ese requisito.

La forma de mirarla hizo que a ella se le secara la boca. Tomó conciencia de su cuerpo como no lo había hecho desde hacía años. De hecho, sus reacciones físicas la retrotraían al nivel de la enamorada adolescente que había sido y la irritaban. Pero la tensión y el cosquilleo de sus senos y la humedad que notaba entre sus muslos eran testamento memorable de la tentación que Gaetano suponía. Enamorarse de un hombre muy guapo a los dieciséis años y compararlo con todos a los que había conocido después no era recomendable como plan de vida de una mujer sensata.

—¿Una mujer corriente? —le preguntó enarcando las cejas y volviendo a sentarse a la mesa, incapaz de resistirse a la nata que coronaba el chocolate a la taza.

Mientras se lo tomaba, Gaetano la puso al día sobre las esperanzas de su abuelo respecto a su futuro.

—¿Por qué yo?

—Porque eres lo bastante hermosa como para convencerle de que puedes resultarme una tentación.

—¿Y lo soy?

—Sí, eres hermosa, pero no me tientas. Cuando digo «compromiso falso», me refiero a que sería falso en todos los sentidos. No voy a tocarte.

Ella puso los ojos en blanco.

—No te dejaría. Soy muy, muy selectiva.

Gaetano se contuvo para no hablarle del joven trabajador de la finca con el que había estado tras los arbustos. Era extraño que no hubiera olvidado los detalles. Pero ese comentario resultaría inadecuado, ya que ella tenía derecho a disfrutar del sexo como cualquier otra mujer.

Apretó los dientes. Odiaba que Poppy lo desequilibrara, desviara el curso de sus pensamientos y lo excitara cuando no deseaba estarlo. Cada una de esas reacciones constituía un ataque a lo orgulloso que se sentía de su fuerza de voluntad.

—Te estarás preguntando qué ganarás a cambio. Todo lo que necesitas: rehabilitación para tu madre, comenzar de nuevo en otro sitio y un nuevo hogar para ti y tu familia. Yo pagaré todos los gastos si haces esto por mí.

Poppy se dio cuenta de que les estaba lanzando un salvavidas cuando su familia y ella se estaban ahogando, por lo que no expresó verbalmente la negativa que ya afloraba a sus labios. Tratamiento para su madre. No podía poner precio a esa oferta. Era con lo que soñaba sabiendo que no podría conseguirlo.

—Si tu madre se recupera, podrás retomar tu vida y completar tus estudios, si es lo que sigues queriendo hacer.

—No creo que pueda resultar convincente como prometida tuya.

—Déjamelo a mí, soy un experto estratega —murmuró él.

Ella respiró hondo, pero realmente no tenía que tomar decisión alguna. Había que intentarlo todo para solucionar la vida de su madre.

—¿Dónde hay que firmar?

Gaetano, como sabía que Poppy estaba entre la espada y la pared, no se sorprendió de que aceptara inmediatamente. En su opinión, tenía mucho que ganar y nada que perder.

—Entonces... esto... —dijo ella, insegura—. ¿Quieres que me vista más...?

Gaetano esbozó una sonrisa lobuna.

—No, eso es justamente lo que no quiero. Rodolfo se daría cuenta de que finges ser lo que no eres. No tienes que cambiar nada, sé tú misma.

—Yo misma... —repitió ella, algo mareada al mirar sus ojos oscuros enmarcados en aquellas fantásticas pestañas.

–Sé tú misma –insistió él.

Ella se quedó desconcertada, ya que pensaba que querría que lo cambiara todo.

–Mi abuelo, al igual que yo, respeta la individualidad de cada uno –añadió Gaetano.

Poppy se preguntó por qué, como había observado al leer la prensa o al divisar a alguna de las acompañantes que él llevaba a la mansión, todas las mujeres de Gaetano parecían cortadas por el mismo patrón: eran bajas, rubias y de ojos azules, y no demostraban personalidad alguna en presencia de él. Estaban pendientes de sus palabras y actuaban en función de sus deseos. Definitivamente, a Poppy nunca le había parecido que Gaetano apreciara la individualidad de las personas.

–Tengo que pedirte otra cosa –apuntó ella con osadía–. Mi hermano es mecánico. Búscale trabajo.

Gaetano frunció el ceño.

–Es un...

–Un expresidiario, sí, lo sabemos perfectamente. Pero necesita un empleo para poder reconstruir su vida. Te estaría muy agradecida si pudieras hacer algo por ayudarle.

Gaetano apretó sus hermosos labios.

–Sabes conseguir lo que quieres. Haré lo que pueda.

Casi un mes después de aquel desayuno, Poppy estaba sentada en la cocina con su madre. Jasmine la miraba con aire preocupado, una expresión cada vez más frecuente en ella desde que había salido de su estado de alcoholismo y comenzado a darse cuenta de lo que había sucedido en su entorno.

Una evaluación inicial, seguida de varias sesiones de terapia y medicación para la depresión, habían mejorado su estado. Intentaba no beber, sin conseguirlo del todo, pero al menos lo intentaba, cosa que ni siquiera se hubiera planteado unas semanas antes.

Esa misma tarde, madre e hija irían a Londres para que Poppy se reuniera con Gaetano y adoptara su papel de falsa novia mientras que Jasmine se internaría en una clínica privada, famosa por el éxito con sus pacientes.

—No quiero que sufras —repitió Jasmine apretándole la mano a Poppy—. Gaetano puede jugártela. Le estoy agradecida por su ayuda, pero yo no me fiaría de él. Es muy inteligente y carece de la humanidad de su abuelo. No entiendo lo que va a ganar con esta farsa.

—Un ascenso en el banco. Parece que su abuelo se muestra inflexible a concedérselo mientras siga soltero.

—Sí, pero ¿cómo se beneficiará Gaetano cuando vuestro compromiso se rompa? Eso es lo que no entiendo.

En realidad, Poppy tampoco lo entendía, pero se lo guardaba para sí.

¿Cómo iba a saber lo que pensaba Gaetano? Apenas lo había visto desde el desayuno en el hotel. La había telefoneado para darle instrucciones e información sobre el tratamiento de su madre, pero no había vuelto por la casa. Mientras tanto había llegado una nueva ama de llaves a Woodfield Hall que se ocupaba de tener la mansión como a Gaetano le gustaba.

El helicóptero las recogió a las dos de la tarde. Poppy había hecho el equipaje de ambas. Jasmine estaba nerviosa y no totalmente sobria cuando se subieron, y le temblaban las piernas al aterrizar en Londres.

Gaetano ni se fijó en ella, ocupado como estaba en contemplar a Poppy mientras avanzaba hacia él. Llevaba *leggins* escoceses de cuadros rojos y negros y una camiseta negra. Vio que otros hombres la miraban, lo que lo molestó. Era distinta y tenía sex-appeal, reconoció al tiempo que trataba de controlar las reacciones de su cuerpo más abajo del cinturón. Se acostumbraría a ella y esa reacción desaparecería, ya que nada iba a ocurrir entre ambos.

Se trataba de un asunto de negocios.

El empleado de la clínica que iba a recoger a Jasmine se acercó a ellas. Madre e hija se separaron con un abrazo y lágrimas en los ojos, ya que la clínica prefería que no hubiera relación entre pacientes y familiares durante las primeras semanas de tratamiento. Poppy la vio alejarse y, a pesar de que sabía que estaba haciendo lo mejor para ella, se sintió terriblemente culpable.

–Poppy... –murmuró Gaetano mientras uno de sus hombres se hacía cargo del carrito del equipaje.

Poppy lo miró. Tenía un aspecto fantástico en vaqueros y camisa de rayas blancas y azules que realzaba el bronceado de su piel. Durante unos segundos, ella buscó un defecto en su rostro de belleza clásica. Sin darse cuenta, dejó de respirar y al mirarlo a los ojos se sintió repentinamente sofocada y con el corazón desbocado. Un cosquilleo en la pelvis la hizo mover los pies al tiempo que se le endurecían los pezones.

–Ga-Gaetano –tartamudeó, pues apenas podía hablar debido a su peligrosa sensibilidad a la atracción magnética de aquel hombre.

Gaetano observó cómo se le marcaban los pezones al tiempo que se preguntaba de qué color serían.

–Vamos a ir directos a mi casa –le dijo bruscamente tratando de recuperar la concentración–. Tienes trabajo esta noche.

–¿Trabajo?

–Te he escrito unos folios donde te explico lo que debes saber sobre mí para que nuestra relación resulte creíble. Cuando lo hayas memorizado, estaremos listos para ir a ver a mi abuelo mañana.

–¿Mañana? –Poppy reprimió un grito, ya que Gaetano no iba a darle tiempo de practicar su papel, ni siquiera de preparárselo.

–Rodolfo cumple setenta y cinco años mañana y da una fiesta por la tarde. Como es evidente, acudiremos como pareja.

Poppy sintió que los nervios se le agarraban al estómago. No recordaba haber sido presentada a Rodolfo Leonetti, solo haberlo visto de lejos cuando aún vivía en la casa. Sin embargo, se acordaba muy bien de su difunta esposa, Serafina. Era una mujer encantadora que trataba a todos por igual, ya fueran ricos o pobres, familiares o empleados. Serafina la había enseñado a cocinar.

Al recordarlo, Poppy supo con exactitud el regalo que le haría al anciano por su cumpleaños.

Metieron las maletas en el elegante coche de Gaetano, cuyo móvil sonó mientras se alejaban del aeropuerto. Era un manos libres, y la lengua italiana que invadió el vehículo consiguió que Poppy se sintiera aún más fuera de su elemento.

Tenía que recuperar la confianza en sí misma. Gaetano iba a pagarle un buen sueldo, por lo que ella quería hacerlo lo mejor posible para estar a la altura de sus expectativas. Pero, en el fondo, estaba aterrorizada ante la posibilidad de cometer un error y decepcionarlo.

Gaetano era una persona muy particular que incluso se irritaría ante pequeños errores. No era tolerante ni comprensivo. Poppy sabía que no iba a ser fácil contentarlo.

Mientras proseguía la conversación en italiano, ella se dedicó a mirar por la ventanilla las ajetreadas calles de Londres.

Cuando la llamada finalizó, él le dijo:

—Era Rodolfo. Quiere conocerte ya.

—¿Cómo ya? ¿Ahora? ¿Hoy? —preguntó ella, consternada.

—Ahora mismo. Y no estás preparada.

—¿Y de quién es la culpa?

—¿Qué quieres decir?

—No debieras haber esperado hasta el último momento para explicarme lo que se supone que debo saber de ti. Lo razonable hubiera sido hacerlo con antelación.

—¡No te atrevas a criticarme! —exclamó él, furioso—. Llevo más de veinticuatro horas sin dormir. Ha habido problemas en el banco y no he tenido tiempo de pensar en este estúpido asunto.

–Si tan estúpido es, será mejor que lo olvides de nuevo –apuntó ella con voz tensa–. No te preocupes por mí. Al fin y al cabo, ha sido idea tuya.

–No puedo olvidarme cuando ya le he dicho a Rodolfo que estamos prometidos –contraatacó él, cada vez más furioso–. Me guste o no, tengo que seguir contigo y fingir que existe un compromiso entre nosotros.

–¡Qué bien! ¡Qué afortunada soy! –exclamó ella en un tono cargado de veneno–. Eres todo un partido, Gaetano, con todo tu dinero y tu éxito, pero sin una pizca de encanto.

–¡Cállate!

–¡Que te den! –respondió ella con fiereza mientras él frenaba de golpe ante una casa con jardín.

–Y tú tienes que seguir conmigo –afirmó él mientras la agarraba por la muñeca para impedir que se bajara del coche. Abrió con un dedo el estuche que tenía en la otra mano y sacó un anillo de compromiso y se lo puso sin más ceremonia.

–¡Vaya! –exclamó ella mientras examinaba el enorme diamante–. Claro que será falso, ¿no?

–¡Por supuesto que no! –bramó él. Su escasa paciencia se había agotado debido a la falta de sueño y al inesperado comportamiento desafiante de Poppy.

–No puedo entrar ahí.

–Sal del coche –dijo él inclinándose para abrir la puerta–. Claro que puedes entrar. Finge estar ebria de alegría por el anillo.

–Sí, ciertamente sería comprensible que me emborrachara después de recibir este detalle de tan mal gusto.

–¡Se supone que estás enamorada de mí! –rugió él.

–El problema es que es más fácil enamorarse de un oso que de ti –dijo ella bajando del coche–. Puede que mi capacidad de actuar sea deficiente, pero la tuya es mucho peor.

–¿De qué hablas? –preguntó él plantándose frente a ella–. Deja de decir tonterías y comienza a actuar.

Poppy alzó la mano y apoyó un dedo en su pecho.

–Pero me has dicho que querías que fuera yo misma. ¿Se puede saber qué quieres, Gaetano?

–¡Que dejes de volverme loco! –le espetó al tiempo que la acorralaba contra el coche–. No voy a repetírtelo. ¡Si no puedes hacer lo que se te dice, lárgate!

–Me estoy conteniendo para no empezar a decir groserías –le advirtió Poppy mirándolo desafiante–. Todo esto es culpa tuya. Me has arrastrado hasta aquí desde el aeropuerto sabiendo que no estoy en absoluto preparada para esta visita.

Para Gaetano, que alguien se le resistiera equivalía a enseñar un trapo rojo a un toro. Incapaz de prestar atención a nada que no fuera su imperioso deseo de acariciar a Poppy y obligarla a hacer lo que quería, la rodeó con el brazo y la besó.

Su boca se pegó a la de ella y fue como si el mundo se hubiera detenido. Poppy estaba tan enfadada que apretó los dientes negándose a dejarlo entrar. Él se frotó contra ella, y la erección que ella sintió dándole golpecitos en el estómago fue como una peligrosa droga. El calor y la fuerza que desprendía el cuerpo masculino la excitó aún más, por lo que separó los dientes, impotente ante el deseo que se había apoderado de ella.

La lengua de Gaetano entró en su boca y se enredó con la de ella. Para Poppy fue una de las sensaciones más increíbles que había experimentado en su vida. Un deseo como nunca había sentido en brazos de un hombre se instaló en su centro y comenzó a frotarse instintivamente contra Gaetano, a pesar de que él la había apoyado en el coche y sus cuerpos se hallaban soldados entre sí.

Ella lo rodeó con los brazos y le acarició los hombros antes de introducir los dedos en su abundante cabello negro, para seguir por sus musculosos brazos y acabar en sus prietas nalgas. Fue un abrazo salvaje, adictivo y visceral.

Gaetano se separó de ella bruscamente jadeando como si hubiera corrido el maratón. Poppy parpadeó tratando de volver a la realidad al tiempo que reprimía el deseo de atraerlo hacia sí de nuevo.

Besaba tan bien que ella estaba a punto de derretirse. Aunque no tuviera ni una pizca de encanto, a la hora del sexo era inigualable, pensó, mientras se sonrojaba y trataba de recuperar el ritmo normal de la respiración.

—Bueno, no ha estado mal —dijo por decir algo, algo que demostrara que había recuperado el control cuando no era así.

Gaetano, que nunca hacía demostraciones de afecto en público con mujeres, se dio cuenta de que los guardaespaldas lo miraban como si fuera un marciano. Estaba en estado de shock, pero sabía que, de haberse hallado en un aparcamiento privado, hubiera tumbado a Poppy sobre el capó y la hubiera poseído para saciar el desmedido deseo que sentía, tan intenso que tenía ganas de gemir.

–Vamos a entrar –sugirió–. Tú sigue mi ejemplo, *bella mia*.

Una vocecita interior susurró a Poppy que tal vez fuera divertido hacer exactamente lo que le dijera Gaetano. Si se trataba de besos, reconoció que estaba dispuesta a hacer cola. Nadie la había hecho sentir tanto con un solo beso. De hecho, no sabía que un hombre pudiera excitarla de aquella manera solo con un beso.

Capítulo 4

OS HE visto llegar –dijo Rodolfo Leonetti, lo que dejó desconcertado a su nieto–. Me ha parecido que discutíais.

Poppy se quedó inmóvil al lado de Gaetano. Su abuelo no aparentaba la edad que tenía. Seguía pareciendo fuerte y vital, con su cabello gris y ondulado, su postura erguida y su gran altura.

La saludó besándola en las mejillas y le sonrió antes de hacer el inquietante comentario a Gaetano.

–Sí, nos estábamos peleando –Poppy se quedó perpleja al ver que lo reconocía–. A Poppy no le gusta el anillo de compromiso. Hubiera debido llevarla conmigo para que lo eligiera.

–¿Mi nieto no te ha dejado elegirlo?

Poppy, colorada y sofocada por la encerrona de Gaetano, respondió:

–Eso me temo –extendió la mano para que el anciano lo viera.

–Ese diamante se veía a un kilómetro de distancia –apuntó Rodolfo, muy serio.

–Es muy bonito –se apresuró a decir Poppy.

–Sé sincera, te parece horrible –intervino Gaetano.

–Me resulta excesivo –murmuró ella mientras se

sentaba en el sillón que le indicaba Rodolfo. Estaba muy tensa y nerviosa.

–Siento mucho lo de tu madre. Gaetano me lo ha contado –comentó Rodolfo, después de pedirle que sirviera el té, cosa que Poppy hacía por primera vez en su vida–. Estoy seguro de que la estancia en la clínica la ayudará.

–Eso espero.

Rodolfo se levantó y se excusó por tener que salir. Cuando lo hubo hecho, Poppy gimió.

–No se me da nada bien esto, Gaetano.

–Irás mejorando. Ha debido de vernos besándonos. Al menos, así le habremos parecido una pareja normal. A veces es mejor no tener un guion.

–Yo preferiría tenerlo.

Rodolfo volvió y se sentó. Llevaba una cajita en las manos, que abrió.

–Este era el anillo de tu abuela. Como todas sus joyas pasarán a tu esposa, me parece buena idea que Poppy vea ahora el anillo de compromiso de Serafina.

Poppy miró asombrada el anillo de diamantes y rubíes.

–Recuerdo que tu esposa se lo quitaba para amasar. Es fabuloso.

–Ahora es tuyo –dijo el anciano con suavidad. Había tristeza en sus ojos.

–Era una persona encantadora –susurró Poppy.

Gaetano no daba crédito a sus ojos: su falsa prometida y su abuelo habían sintonizado hasta el punto de intercambiar sentimentales miradas y sonrisas de comprensión. Su abuelo le estaba poniendo el anillo de su amada esposa a Poppy como si fuera el zapatito de cristal de Cenicienta.

–Creo que le hubiera gustado que lo llevaras –afirmó el anciano admirándolo en la mano de Poppy. El diamante de Gaetano yacía sobre la mesa.

–Muchas gracias –respondió Poppy con voz ahogada–. Es maravilloso.

Gaetano tenía ganas de gritar. Quería que Poppy no le cayera bien a su abuelo, no que este la recibiera con los brazos abiertos y comenzara a darle golpecitos en la mano mientras le hablaba de Serafina.

Sin embargo, se dijo que era comprensible que Rodolfo manifestara algo de entusiasmo al principio y que no expresara crítica alguna y aprobara el paso que su nieto había dado.

De la merienda pasaron a la cena. Para entonces, Gaetano estaba aburrido de oír historias de la familia. Poppy, en cambio, con un tacto y una paciencia admirables, las escuchaba con interés. Sus modales eran mucho mejores de lo que Gaetano había creído, y su tranquilidad con el anciano era notable porque poca gente se relajaba en presencia de Rodolfo, que era más inteligente y despiadado de lo que parecía. Si Poppy hubiera sido su prometida de verdad, Gaetano estaría extasiado ante la recepción de su abuelo.

Cuando ella comenzó a reprimir los bostezos, la tortura de Gaetano llegó a su fin.

–Es hora de marcharse –dijo tirando de Poppy para que se levantara.

–Espero que no tengamos que ir muy lejos –observó ella, soñolienta.

Ante la mirada sorprendida del anciano por la ignorancia de su prometida, Gaetano sonrió.

–No ha estado aquí antes. Quería darle una sorpresa.

–¿Qué sorpresa? –preguntó ella mientras salían del salón.

–Hace diez años, Rodolfo me cedió un ala de la casa para que la ocupara –le explicó él mientras abría una puerta al fondo del pasillo–. Solo tenemos que cruzar esta puerta y estaremos en mi casa.

A pesar de lo soñolienta que estaba, Poppy se dio cuenta de que la parte de la casa que correspondía a Gaetano era de estilo muy distinto. Los colores vivos, los tejidos pesados y las antigüedades habían sido sustituidos por modernos suelos de cerámica, colores pálidos y mobiliario contemporáneo.

–Muy elegante –comentó ella.

–Me alegro de que te guste –Gaetano la condujo al piso superior y le enseñó un dormitorio–. Aquí dormiremos.

Poppy se quedó petrificada.

–¿Dormiremos?

–No podemos estar tan cerca de mi abuelo y fingir que estamos comprometidos sin compartir habitación. Sus empleados también se ocupan de esta ala.

–¡Pero no me lo habías dicho! –protestó ella–. Había supuesto que tendrías un piso donde yo dispondría de mi propia habitación.

–Aquí no puedes tenerla. Es indudable que a mi abuelo le gustaría pensar que eres virgen, pero no se creería que te hubiera pedido que te casaras conmigo.

Poppy examinó la enorme cama y frunció los labios.

–Solo hay una cama y no pienso compartirla contigo.

–Tienes que dormir conmigo, lo cual tiene desventajas para ambos.

–¿Cuáles son las tuyas?

–El celibato –apuntó él en tono seco–. No puedo arriesgarme a que me vean con otra mujer mientras esté comprometido contigo.

–¡Vaya! Por lo que he leído en la prensa sobre tus conquistas, te va a resultar tremendamente difícil.

La irritación se hizo visible en las hermosas facciones de Gaetano.

–Se dicen muchas tonterías sobre mi vida privada.

–Puede que eso se lo crean las mujeres con las que alternas, pero no yo. Sé lo que pasó en aquella fiesta.

Gaetano se contuvo para no defenderse. Sus miradas se encontraron, y los verdes ojos de Poppy hicieron que se olvidara de lo que iba a decir.

–Voy a ducharme –afirmó antes de empezar a desvestirse.

Se quitó la camisa sin inhibiciones. ¿Cómo iba a tenerlas si lo que mostraba era una obra de arte? Era puro músculo.

A Poppy se le secó la boca. Aunque él no lo creyera, era virgen y nunca había compartido una habitación con un hombre medio desnudo. No iba a decírselo, desde luego, sobre todo porque lo culpaba de que aún no hubiera dado el paso sexual que la haría entrar en la edad adulta.

A los dieciséis años, después de que él la hubiera rechazado, había estado a punto de tener sexo con otro hombre, pero se había detenido a tiempo, antes de que las cosas se le fueran de las manos. No estaba orgullosa de aquel episodio ni de cómo se había portado con el chico. Pero había aprendido la lección: era una estupidez tener sexo con cualquiera solo porque Gaetano la hubiera rechazado.

Mientras estudiaba en la universidad para ser enfermera tuvo novios, y momentos en que se sintió tentada, pero nadie la había tentado tanto como Gaetano. Y era testaruda, por lo que decidió que solo se acostaría con alguien cuando lo deseara de verdad.

Abrió una de las maletas y se dio cuenta de que ya las habían deshecho. Así vivían los ricos. Se preguntó qué iba a usar de pijama, ya que ni siquiera lo utilizaba, pues prefería dormir desnuda. No tenía nada que la tapara lo suficiente si estaba acompañada, por lo que hurgó en los cajones de Gaetano y le tomó prestada una camiseta. Tal vez él se hubiera olvidado del beso, pero ella no lo había hecho y no tenía la intención de tentar a la suerte.

En la ducha, Gaetano pensaba en el sexo. Se preguntaba si Poppy accedería a ampliar el trato. Se deseaban mutuamente. Era una ecuación equilibrada, por lo que debieran aprovechar el tiempo que durara la relación.

Era una solución práctica, y Gaetano era siempre muy práctico, sobre todo en lo referente a su poderoso impulso sexual.

Volvió al dormitorio con una toalla enrollada en la cintura. Poppy observó su piel bronceada y aún salpicada de gotas y deseó lamérselas. Ahogó un gemido ante su atroz debilidad, pasó a su lado y se metió en el cuarto de baño a cambiarse.

Gaetano se puso unos boxers porque nunca se podía dar nada por sentado con las mujeres. Poppy salió llevando lo que solo podía ser una camiseta suya, debido a lo enorme que le quedaba. De todos modos, no ocultaba las pequeñas cimas de sus senos, la curva de sus caderas ni la perfección de sus piernas.

—Tengo que hacerte una sugerencia —murmuró con voz ronca.

—¿Me gustará oírla? —preguntó ella mientras se metía en la cama.

Le resultaba muy difícil no prestar atención a la masculina presencia de Gaetano, pero trató de respetar su espacio no mirándolo, con la esperanza de que él la correspondiera.

—Tenemos que fingir que somos amantes.

—¿Y?

—¿Por qué no hacemos que sea real? —preguntó él en un tono tan suave como la miel.

—¿Real? ¿A qué te refieres?

—No te hagas la inocente —contestó él mientras se metía en la cama.

—¿Me estás diciendo que tengamos sexo porque no te gusta el celibato? —preguntó Poppy, incrédula.

—Estamos en la situación que estamos.

—Yo puedo vivir sin sexo —replicó ella al tiempo que se sonrojaba hasta la raíz del cabello porque incluso le daba vergüenza pronunciar la palabra «sexo» delante de Gaetano.

—Yo también, pero no estoy a gusto. Hay una fuerte atracción mutua, que podríamos aprovechar.

Gaetano se inclinó hacia ella y la miró con sus preciosos ojos oscuros.

–Se me da muy bien. No te decepcionaré.

Poppy estaba aterrorizada, como una mujer que se enfrentara a un caníbal hambriento. Pero entre los muslos sentía un calor y una humedad que intentaban vencer su resistencia. De hecho, todo su cuerpo se había despertado ante la propuesta de Gaetano. Le ofrecía lo que ella llevaba deseando desesperadamente desde hacía tiempo, pero en unos términos inaceptables.

–No quiero que me utilices.

–Me sorprende tu estrechez de miras. ¿No me estarías utilizando tú también?

Con la cara ardiendo, Poppy se dio la vuelta para ponerse de espaldas a él a modo de defensa.

–No, gracias –dijo con voz ahogada, sin saber si reír o llorar–. Para tener sexo porque sí me vale cualquiera.

Gaetano le recorrió la espina dorsal con el dedo.

–Me pones a mil, *gioia mia*.

Poppy puso los ojos en blanco ante su labia y seguridad en sí mismo.

–Lo tendré en cuenta.

–¿Qué más quieres de mí? –preguntó él con voz suave–. Soy sincero. No te miento ni te engaño.

–Creía que los amantes italianos eran el colmo de la seducción. Tú no me lo pareces.

–Respeto lo suficiente tu inteligencia como para no presumir de ello.

Poppy se imaginó que se giraba y le daba una bofetada. Apretó los dientes. Al mismo tiempo, se imaginó tumbada de espaldas, abrazada a Gaetano, mientras las caderas de él se movían contra las suyas. Y esas sensuales imágenes le proporcionaron tanta energía que sintió mucho calor. Se le hincharon los pezones y sintió fuego en la pelvis.

El deseo era el deseo, razonó, pero no le bastaba. Gaetano no era el hombre adecuado para ella, se recordó con obstinación.

—Si fueras un tipo agradable...

—¿Cuándo he dicho que lo sea? –la interrumpió Gaetano.

—No lo has dicho –dijo ella dándose la vuelta–. Pero ahora no debieras estar pensando en tu vida sexual, sino preocupándote por lo que tu abuelo sentirá cuando nuestro compromiso termine. Como ha hecho tantos esfuerzos para acoger y aceptar a alguien como yo, creo que le destrozará que nuestra relación no llegue a ningún sitio.

—Creo que conozco a mi abuelo mejor que tú.

—Estás demasiado centrado en tu carrera para ver nada más allá. Lo que he observado hoy es que Rodolfo está muy contento de que te hayas comprometido. ¿Cómo no va a disgustarse cuando rompamos?

Gaetano hizo una mueca y apoyó la cabeza en la almohada. Ella no entendía nada, pero ¿cómo iba a hacerlo? No podía decirle que tenía que fracasar como prometida suya, de modo que hubiera que celebrar, más que lamentar, que desapareciera de su vida. El tiempo haría su trabajo. Al fin y al cabo, probablemente hubiera mostrado su mejor cara en el primer encuentro con su abuelo, pero tarde o temprano comenzaría a cometer fallos.

—Solías decir muchas palabrotas.

–Lo aprendí en la escuela, ya que todos lo hacían.
Durante un tiempo lo hice porque sufría acoso escolar y estaba desesperada por poder integrarme.

–¿Y sirvió para algo?

–No, nada de lo que dijera o hiciera me sirvió en
absoluto. Ser gordita, pelirroja y vivir en Woodfield
Hall con esos «pijos» era la máxima provocación.

–¿Qué te hacían los que te acosaban?

Al pensar en que la habían acosado, Gaetano experimentó un extraordinario deseo de abrazarla y
consolarla. Pero él no hacía esas cosas, por lo que,
nervioso por aquel impulso, se alejó de ella todo lo
que pudo en la cama.

–Lo habitual: insultarme, ponerme la zancadilla,
difundir rumores falsos sobre mí y mandarme mensajes desagradables. Odiaba la escuela y no veía el
momento de marcharme. Cuando me fui dejé de decir palabrotas en cuanto me di cuenta de que ofendía
a los demás.

Gaetano estuvo tentado de decirle que nunca había estado gordita, sino que había desarrollado curvas
femeninas antes de dar el estirón. Pero no deseaba
hablar ni pensar en curvas de ningún tipo. Su deseo
de ella lo hacía sentirse incómodo y lo enfurecía, ya
que nunca había deseado tanto a una mujer. Pensó que
la deseaba porque ella se había negado, pero eso no
contribuyó a aliviar la tensión que experimentaba.

Se dijo que iba a ser un compromiso muy largo.

Unas horas después, cuando ya había amanecido,
Gaetano pensó que Poppy estaba fantástica mientras

la examinaba desde el otro lado del dormitorio. Su cabello se extendía por la almohada y enmarcaba su delicado rostro. La camiseta le había dejado al descubierto un hombro, y una pantorrilla le sobresalía por debajo de la sábana.

Se excitó y apretó los dientes. ¿Qué tenía aquella mujer?

–Poppy...

Ella se removió y abrió los ojos.

–Gaetano... –susurró soñolienta.

–En el escritorio del despacho te he dejado esos folios que quería que hubieras estudiado anoche. Nos vemos a las tres en la fiesta de Rodolfo.

Poppy se sentó en la cama, presa del pánico.

–¿Qué voy a ponerme?

–Tu ropa habitual. Sé tú misma –dijo él mientras salía de la habitación.

Poppy se levantó y lo siguió.

–¿Adónde vas?

Él se dio la vuelta.

–Al banco, a trabajar.

–Ah...

Después de haberle hecho aquella estúpida pregunta, Poppy volvió a la habitación a toda prisa y se metió en la ducha mientras planificaba el día.

Primero tenía que ir a comprar los ingredientes para el regalo de cumpleaños de Rodolfo. Después debía buscar trabajo. En el monedero le quedaba el dinero justo para hacer la tarta para Rodolfo, pero eso era todo, ya que no tenía ahorros.

La nevera de la cocina estaba llena de comida; además, había una amplia selección de cereales con chocolate que la hizo sonreír. Gaetano había recordado sus preferencias. Desayunó mientras leía los folios que Gaetano le había dejado.

Era como un currículum para solicitar empleo: una lista de las calificaciones académicas y de los deportes practicados, sin referencia alguna a hechos memorables. Parecía que no tenía ni idea de lo que a una mujer enamorada le gustaría saber de su amado. ¿Cuándo era su cumpleaños? ¿Cuál era su color preferido?

Le mandó un SMS para preguntárselo.

Gaetano se contuvo para no gemir cuando el móvil volvió a indicarle que tenía un nuevo mensaje. Lo agarró para ver cuál era la última pregunta irrelevante que se le había ocurrido a Poppy.

¿De quién te enamoraste por primera vez?

Gaetano nunca se había enamorado, de lo cual se enorgullecía.

¿Qué valoras más en una mujer?

La independencia, contestó.

Poppy enarcó las cejas mientras se dirigía al supermercado con la lista de la compra. Si le gustaban las mujeres independientes, ¿por qué salía siempre con mujeres posesivas de cerebro hueco? Se lo preguntó y comenzaron a discutir por medio de mensajes hasta que ella se echó a reír.

Gaetano tenía una idea de sí mismo que no siempre coincidía con la realidad. Las mujeres con las que salía hacían lo que él les decía, aceptaban sus horarios de adicto al trabajo y planteaban pocas exigencias.

Vio un cartel en un café en el que se solicitaba personal. Entró, le hicieron una entrevista y la contrataron para trabajar esa misma noche. Aliviada por haber resuelto sus problemas económicos, volvió a la casa, entró por la entrada de la vivienda de Gaetano y se dirigió a la cocina para preparar la tarta. Cuando la hubo hecho, puso sobre ella una tarjeta de felicitación y fue a cambiarse.

Gaetano silbó cuando la vio con su falda escocesa, medias negras y zapatos de tacón.

–¡Vaya! Tienes unas piernas increíbles.

Ella sonrió y frunció el ceño en señal de duda.

–¿En serio? ¿Es esa la primera fase de la seducción italiana?

–Eres muy suspicaz.

–No me fío de ti. Creo que eres taimado por naturaleza.

–Nunca he necesitado serlo con las mujeres –apuntó él con sinceridad.

Cuando llegaron, el salón estaba abarrotado de invitados. Al ver los vestidos y las joyas que llevaban las mujeres y las miradas que lanzaban a su atuendo informal, Poppy se quedó consternada. Destacaba por su falta de adecuación, y recordó sus días en la escuela, donde nunca había conseguido integrarse.

Recordar que Gaetano le había dicho que fuera ella misma no le sirvió de consuelo, porque su aspecto poco convencional tenía que avergonzarlo.

El abuelo de Gaetano los recibió calurosamente y anunció su compromiso. El sentimiento de culpabilidad por el engaño hizo que Poppy se ruborizara, pero Gaetano demostró su satisfacción con una sonrisa deslumbrante, por lo que ella dedujo que todo iba según lo previsto.

Pero se equivocaba. Cuando le entregó a Rodolfo la tarta de queso con fresas, que era su preferida y que le había enseñado a preparar su esposa, al anciano se le humedecieron los ojos, y le dedicó una sonrisa casi infantil cuando ella le pasó el cuchillo, con el que cortó un gran trozo.

—¿Cuándo es el gran día? —preguntó a Poppy.

Gaetano se puso tenso.

—Todavía no hemos fijado la fecha...

—No vayas a dejar escapar un tesoro como Poppy —le previno su abuelo—. No me gustan los compromisos largos.

—No queremos precipitarnos —observó Poppy acudiendo al rescate de Gaetano.

—El mes que viene me vendría bien, antes de marcharme a Italia a pasar el verano —apuntó Rodolfo.

—Ya hablaremos —dijo Gaetano.

—Y, cuando vuelvas del viaje de novios —añadió Rodolfo—, serás consejero delegado.

Gaetano asintió. Observó a Poppy. Contra todo pronóstico, Rodolfo la adoraba. Solo a ella podía habérsele ocurrido hacerle una tarta creada por su abuela. No podía haber hecho nada mejor para impresionarlo y complacerlo.

¡No solo era hermosa, amable y sensata, sino que además sabía cocinar!

Gaetano pensó que le había salido el tiro por la culata y se preguntó cómo demonios iba a salir del hoyo que él solo se había cavado.

Capítulo 5

POR QUÉ tienes tanta prisa? –preguntó Gaetano mientras Poppy corría hacia la habitación. Su abuelo había sido más hábil que él, por lo que debía mantener una seria conversación con su falsa prometida.

–¡Tengo que cambiarme y salir dentro de diez minutos!

Gaetano se dirigió tranquilamente al dormitorio, donde ella, en braguitas rojas, se estaba poniendo unos vaqueros. Se dio la vuelta y meneó las caderas para subírselos con más facilidad. A Gaetano no le hizo gracia alguna la excitación que experimentó en la entrepierna.

–¿Dónde tienes que estar dentro de diez minutos?

–Trabajo de camarera en el turno de noche en el café de la esquina. Volveré a medianoche.

Gaetano se quedó inmóvil, convencido de no haberla oído bien.

–¿Te has buscado un empleo de camarera mientras finges que estamos comprometidos?

–¿Por qué no? Trabajar en un bar está mejor pagado, pero el café está más cerca y el horario es flexible, lo que a ti te vendrá mejor.

Él la miró con expresión glacial.

–Que trabajes de camarera no me viene bien en absoluto.

–No sé por qué no estás de acuerdo –dijo ella mientras se ponía unas cómodas botas–. Tú trabajas y, por lo tanto, ¿qué voy a hacer mientras estás ocupado todo el día? Ser tu prometida no es un trabajo a tiempo completo.

–En lo que a mí respecta, lo es. Vas a ir a ese café y a decirles que lo sientes, pero que no vas a trabajar allí –dijo él con impaciencia–. ¿Es que tengo que explicártelo todo? Soy un banquero multimillonario. ¡No puedes trabajar en un café ni en un bar mientras seas mi prometida!

Poppy se enfureció.

–Entonces, ¿de qué dinero voy a vivir?

–Si necesitas dinero, yo te lo daré –afirmó él sacando la cartera, aliviado por que el problema se pudiera solucionar fácilmente.

¿En qué pensaba Poppy? ¿En trabajar de camarera mientras vivía en una mansión?

Poppy pasó a su lado y se dirigió a la puerta.

–No quiero tu dinero, Gaetano. Mi dinero me lo gano trabajando. No acepto limosnas de nadie.

Él la siguió.

–Yo soy la excepción que confirma la regla. Mientras seas mi prometida, no puedes avergonzarme realizando un trabajo de baja categoría y mal pagado.

Poppy se volvió para enfrentarse a él.

–¿Ah, no? Pues lamento decirte que estás muy equivocado. Cualquier trabajo decente es preferible a vivir de la caridad ajena. Me da igual que pienses que ser camarera es un trabajo de baja categoría...

–¡Tenemos un trato! ¡Lo estás incumpliendo!

–En ningún momento me has dicho que no pudiera tener un empleo remunerado –le espetó ella, furiosa–. No trates de cambiar las normas en tu propio beneficio. Lamento que te avergüences de que trabaje de camarera en un café. ¿No tienes ya una posición social suficientemente elevada? ¿Acaso importa lo que yo haga? Te recuerdo que soy una chica corriente que tiene que trabajar para vivir, y eso no voy a cambiarlo ni por ti ni por nadie.

–No hace falta que trabajes. De hecho, ¡es absurdo! –le gritó él sin ocultar su ira–. Sobre todo cuando te he asegurado que cubriré todos tus gastos mientras estés en Londres.

–Te acabo de decir que no aceptaré tu dinero –replicó ella, airada–. Soy una mujer independiente y tengo mi orgullo. Si la situación fuera la contraria, ¿aceptarías que yo te mantuviera?

Gaetano perdió los estribos al ver que ella seguía negándose a hacerle caso y a respetar su opinión. Ninguna mujer se le había enfrentado de aquel modo en su vida.

–¡No seas ridícula! –bramó.

Más intimidada por la intensidad de su ira de lo que estaba dispuesta a reconocer, Poppy alzó la barbilla.

–No soy ridícula. Defiendo aquello en lo que creo. No quiero tu dinero. Y como muy poca gente sabe que estamos prometidos, no veo por qué vas a tener que avergonzarte, sobre todo porque no es algo que hagas fácilmente.

–¿A qué te refieres?

Poppy le lanzó una mirada acusadora.

–Debieras haberme dado alguna pista sobre cómo vestirme para la fiesta de cumpleaños. Me sentí estúpida al ver cómo iban las demás mujeres.

Gaetano se encogió de hombros.

–No era importante. Quiero que seas tú misma –repitió–. En cuanto a lo de tu trabajo de camarera...

–Voy a conservarlo.

–¿Es tu última palabra? –preguntó él mientras abría la puerta por la que se salía al jardín desde su ala de la casa.

–Sí –afirmó ella antes de marcharse a toda prisa cerrando la puerta.

–Si no tienes cuidado, vas a perderla –dijo una voz detrás de él.

Se volvió, consternado, y vio a su abuelo en la puerta que comunicaba ambas propiedades.

–¿Cuánto has oído? –preguntó Gaetano.

–He oído lo suficiente como para darme cuenta de que mi nieto es un esnob. Ella tiene razón, Gaetano. El trabajo honrado nunca es vergonzoso. Tu abuela se negó a dejar de vender el pescado de su padre hasta el día en que nos casamos.

–Tu esposa se crio en una isla atrasada y en otra época. Los tiempos cambian.

Rodolfo se echó a reír.

–Las mujeres no cambian tanto. A Poppy no le interesa tu dinero. ¿No te das cuenta de la suerte que tienes de haber conocido a una mujer así?

Gaetano no contestó. Aún le duraba la ira que el

desafío de Poppy le había causado y el desconcierto por su pérdida de control. Cerró los puños y los abrió de nuevo.

–Y como parece que ella pierde los estribos con tanta facilidad como tú, tendrás que ser muy hábil para conservarla –añadió su abuelo antes de pasar a su vivienda.

Gaetano dio un puñetazo en la pared. Poppy lo sacaba de quicio, algo que ninguna otra mujer había logrado. Una voz interior le indicaba que eso se debía a que eran posesivas y de cabeza hueca, tal como le había dicho ella.

Apretó los dientes. Se dijo que estaba muy tenso debido a la falta de sexo. Se sintió muy aliviado ante una explicación tan racional. A Gaetano no le gustaba lo que no entendía. Sin embargo, Poppy pertenecía a esa categoría y le caía bien.

Poppy hizo su turno en el café sin dejar de pensar todo el rato si se habría excedido con Gaetano. El deseo de Rodolfo de acelerar su boda lo había dejado en estado de shock y de muy mal humor. Al idear su falso compromiso habría infravalorado el entusiasmo de su abuelo por casarlo. Únicamente una verdadera boda lo satisfaría y a él lo haría ascender en el banco. Solo con el compromiso no iba a conseguirlo, lo que significaba que todo lo que había hecho hasta entonces había sido inútil.

Cuando Poppy terminó de trabajar vio asombrada, al mirar por la ventana, que Gaetano la esperaba en la calle. ¿Por qué había ido a buscarla? Agarró la cazadora y esperó a que el dueño del local le abriera la puerta para salir.

—¿Qué haces aquí? —preguntó ella.

—No puedes volver a casa andando tú sola a estas horas de la noche.

—Bueno, es propio de ti pensar eso —apuntó ella mientras saludaba con la cabeza a los guardaespaldas que estaban al otro lado de la calle—. ¿Por qué no has mandado a uno de ellos a buscarme?

—Te debía una —respondió él al tiempo que abría la puertas del elegante coche deportivo que se hallaba aparcado junto al bordillo—. Lo que he dicho antes estaba fuera de lugar.

—Te suele pasar a menudo, pero es la primera vez que lo reconoces.

Se montaron en el coche. En aquel reducido espacio, ella lo miró conteniendo la respiración mientras el corazón le latía a toda velocidad. Él la miró a los ojos, levantó la mano, la agarró por la barbilla y la besó. Ella apoyó la suya en el muslo masculino al inclinarse hacia él, deseosa de sentir el calor y la presión de su boca sensual. Le pareció que se derretía cuando la lengua de él se enredó con la suya. La invadió una poderosa oleada de deseo que le hinchó los senos y la humedeció entre los muslos.

Sin embargo, se apartó bruscamente de él y volvió a acomodarse, temblando, en el asiento.

—¿A qué ha venido eso?

—No hay razón alguna. No consigo dejar de desear acariciarte.

—Lo nuestro no tenía que ser así —murmuró ella en tono acusador.

Él le puso la mano en la rodilla y sus largos dedos se deslizaron hacia arriba por la parte interna del muslo.

–Dime que no –le pidió él en voz baja.

–No –dijo ella sin convicción al tiempo que abría involuntariamente las piernas porque deseaba que la acariciara con todo su ser.

–Me estás volviendo loco –gimió él al tiempo que cambiaba de postura para volver a reclamar su boca mordiéndola y lamiéndola apasionadamente.

Nadie la había besado antes así. Se excitó aún más.

Los dedos masculinos acariciaron la tela entre sus muslos y se detuvieron haciendo círculos en el centro. Un cosquilleo de insoportable excitación se apoderó de ella, que movió la pelvis sin poder evitarlo porque quería más.

Su cuerpo gritaba desvergonzadamente que le diera más. La tela que lo separaba de él era una tortura, pero Gaetano no hizo intento de quitársela ni de introducir los dedos por debajo.

El deseo era tan intenso y tenía tan nublado el entendimiento que Poppy se estremeció, pero, de pronto, tuvo frío y se sintió asustada.

–Esto no está bien –susurró Gaetano contra sus labios–. Estamos en un coche, en la calle.

–Solo es lujuria –intentó decir ella en tono ligero.

Trató de reírse, pero no lo consiguió porque no tenía gracia alguna el poder del deseo físico que la dominaba ni tampoco el hecho de reprimirlo y negarlo.

–El deseo nunca me había hecho comportarme como un adolescente. Siempre me excito cuando estás a mi lado.

–Deja de repetírmelo –le espetó ella mientras se metía las manos en los bolsillos de la cazadora.

–Me resulta imposible, es lo único en lo que pienso –Gaetano maldijo en voz baja y encendió el motor–. Pero tenemos que hablar de cosas más importantes.

Ella respiró hondo y trató de volver a la realidad.

–Sí. Rodolfo te ha puesto en evidencia.

–Yo no lo describiría así. Llevo dándole vueltas toda la noche –reconoció Gaetano–. Creo que anoche diste en el blanco cuando me acusaste de desconocer la dimensión humana. Se me dan muy bien los números y la estrategia, pero no relacionarme con la gente. Esta tarde, mirando a Rodolfo y oyéndolo hablar, vi a un hombre consciente de su edad y asustado de no llegar a vivir lo suficiente para ver a la siguiente generación. Estaba equivocado. Creía que lo único que debía hacer para complacerlo era tener éxito y ser todo aquello que mi padre no era. Pero eso no basta.

–¿En qué sentido?

–Mi abuelo hubiera sido mucho más feliz si me hubiera casado al salir de la universidad y le hubiera dado nietos.

–¿Por qué lamentas lo que no puedes cambiar? Es evidente que no conociste a nadie con quien quisieras casarte.

–No, lo que no quería era casarme –la contradijo él–. Había visto a muchos amigos fracasar en su matrimonio. Mis propios padres se llevaban como el perro y el gato.

Poppy hizo una mueca y no dijo nada. Gaetano no admitía matices, todo era blanco o negro. Probablemente, hubiera decidido cuando era adolescente que no se casaría y no volvió a pensárselo. Pero explicaba por qué nunca estaba mucho tiempo con una mujer. Era evidente que ninguna de sus relaciones podía tener futuro.

—Alguna vez habrás conocido al menos a una mujer que sobresaliera entre las demás.

—Lo hice, cuando estaba en la universidad. Serena acabó casándose con un amigo mío y yo fui el padrino. Se divorciaron el año pasado —comentó Gaetano con desdén—. Cuando me enteré me alegré de haberme separado de ella.

—Esa es una afirmación cínica. ¿Quién te dice que ella y tú no hubierais tenido un matrimonio feliz? —apuntó Poppy con ironía, loca de curiosidad por saber quién era Serena y si él seguía sintiendo algo por ella.

Se alegró de que no hubiera continuado con ella. Se dio cuenta, consternada, de que no soportaba imaginarse a Gaetano con otra mujer, y mucho menos casado con otra. ¿Cuándo se había vuelto tan posesiva? No tenía derecho a sentirse así. Se sintió avergonzada. ¿Eran las secuelas de haber estado encaprichada de él cuando era una adolescente?

Al entrar en la casa, Gaetano abrió la puerta del comedor, tenuemente iluminado.

—Antes de salir, he pedido que nos trajeran la cena. Pensé que tendrías hambre, ya que no habías cenado, a no ser que lo hayas hecho en el trabajo.

Ella se sintió extrañamente conmovida por su interés, no estaba acostumbrada a que nadie se preocupara de ella. Era ella la que en los años anteriores se había preocupado de su familia. Ni su madre ni su hermano le habían preguntado nunca cómo se las arreglaba con dos empleos o si necesitaba algo.

Se quitó la cazadora y se sentó en el sofá al tiempo que contemplaba la espaciosa habitación. Se sirvió una taza de té y se llenó el plato de sándwiches.

Durante unos minutos se dedicó a comer. Después miró a Gaetano. La barba le enmarcaba la mandíbula y acentuaba la curva de su carnosa boca, con la que hacía milagros, pensó con un estremecimiento, al tiempo que bajaba la cabeza para escapar a la intensidad de la mirada masculina.

—¿De qué querías hablar?

—Creo que ya lo sabes —respondió él con sequedad.

—Tienes que decidir cuál es el siguiente paso —apuntó ella de mala gana, ya que no le gustaba que él le leyera el pensamiento con tanta precisión y que no la dejara hacerse la tonta cuando quería.

Se jugaba mucho en la conversación que iba a seguir, por lo que era normal que estuviera nerviosa. ¿Qué más podía hacer por Gaetano? Su falso compromiso ya no servía porque su abuelo quería mucho más.

No podían fijar la fecha de la boda porque no se iban a casar. Y, si ya no le servía para nada a Gaetano, tal vez quisiera que se fuera de su casa y, lo que era comprensible, dejara de pagarle el tratamiento a su madre.

Una gota de sudor frío se deslizó entre sus senos, y se enfureció consigo misma por no haberse percatado de lo que las palabras de Rodolfo significaban para ella y para los que tenía a su cargo.

–No me supone problema alguno decidir qué vamos a hacer a continuación. Lo tengo muy claro, pero, por desgracia, depende de lo que decidas hacer tú.

Ella se quedó perpleja.

–¿De lo que yo decida?

–¡Solo una falsa prometida puede convertirse en una falsa casada!

Poppy palideció.

–¡No estarás sugiriendo en serio que continuemos con esta farsa hasta llegar a casarnos! –exclamó, incrédula.

–A Rodolfo le caes bien. Está contento y emocionado con nuestra relación. De hecho, hace muchos años que no lo veía tan entusiasmado con alguien o con algo. Me gustaría darle lo que desea, a pesar de que no sea verdad y no vaya a durar.

–Quieres a tu abuelo y entiendo que no desees decepcionarlo, pero...

–Podríamos estar casados un par de años, mientras sigo pagando el tratamiento de tu madre.

–Si a mi madre le va bien, probablemente saldrá de la clínica el mes que viene.

Gaetano negó lentamente con la cabeza, como si le sorprendiera su ingenuidad.

–La rehabilitación de Jasmine tardará un tiempo. Para mantenerse alejada del alcohol en el futuro va a necesitar apoyo profesional a largo plazo.

Era cierto, reconoció ella. Era la terrible verdad, pero, hasta ese momento, no se lo había planteado. Jasmine tendría que seguir luchando después de salir de la clínica. Y Poppy sabía que ella sola no podría impedir que bebiera porque ya lo había intentado y había fracasado.

–Si accedes a casarte conmigo, te prometo que me haré cargo de las necesidades de tu madre hasta que recupere la salud y la sobriedad. Al mismo tiempo, podrás volver a estudiar, lo que significa que, cuando nos divorciemos, podrás trabajar en lo que desees.

Poppy respiró hondo. Gaetano le ofrecía seguridad e importantes beneficios. Pero no quería venderse por el dinero que le permitiría transformar la vida de su madre y les proporcionaría a ambas un futuro decente.

–No puedo aceptar tu dinero ni tu apoyo. Es inmoral –afirmó respirando entrecortadamente–. Deja de tentarme para que haga lo que sé que está mal.

–Te ofrezco algo equivalente a un empleo. Desempeñar el papel de esposa es un trabajo poco habitual, pero no es uno que desees realizar. Entonces, ¿por qué no voy a pagarte por sacrificar tu libertad? Porque, que quede claro, sacrificarías tu libertad mientras fingieses ser mi esposa.

–Engañar a tu abuelo, fingir... No sería correcto –protestó ella con vehemencia.

–Si a Rodolfo lo hace feliz, ¿por qué no iba a serlo? –contraatacó él–. Es lo mejor que puedo ofrecerle. No puedo ofrecerle un matrimonio de verdad cuando no deseo casarme. Hacerlo contigo, con una mujer a la que acepta y aprueba, será estupendo, desde su punto de vista.

Poppy estaba pálida.

–Se te da muy bien argumentar, pero yo jamás ganaré un premio por mis dotes de actuación.

–No necesitas actuar. A Rodolfo le gustas como

eres. Piensa en lo que te ofrezco. Podrás volver a estudiar, dejarás de preocuparte de que tu madre pueda recaer y de fregar suelos o servir bebidas.

–¡Cállate! –exclamó ella al tiempo que se levantaba de un salto y comenzaba a recorrer la habitación, nerviosa, debatiéndose entre aceptar o no su oferta.

Gaetano la observó pensando que cedería. Desde luego que lo haría. Llevaba dos años pasándolo muy mal con su madre, que la había privado de su libertad de elección.

Había sido una adolescente ambiciosa, y él aún veía brillar ese espíritu en sus ojos: el de aspirar a más que a ser una criada como sus antecesores.

De repente, Poppy le preguntó:

–¿Y cuánto tiempo debería durar ese falso matrimonio para que cumpliera sus objetivos?

Gaetano estuvo a punto de sonreír y de dar un puñetazo en el aire porque supo con seguridad que había ganado.

–Calculo que unos dos años, un máximo de tres. Para entonces estaremos deseando recuperar nuestras vidas y el proceso de divorcio habrá comenzado.

–¿Y crees que divorciarnos al cabo de dos años desilusionará menos a tu abuelo que romper nuestro compromiso?

–Al menos creerá que lo he intentado.

–Y, por supuesto, tu meta es que te nombren consejero delegado del banco, y lo conseguirás casándote conmigo. Me parece increíble que seas tan ambicioso.

–El banco es mi vida, siempre lo ha sido –reconoció él–. Nada me emociona más que un acuerdo beneficioso.

–Si accedo, y no digo que vaya a hacerlo, ¿cuándo nos casaríamos?

–Dentro de un mes. A mi abuelo le viene bien y a mí también. No estaré aquí mucho tiempo en las próximas semanas. Tengo que cerrar varios acuerdos antes de poderme ir de viaje de novios, como quiere Rodolfo.

Ante la desconcertante referencia al viaje de novios, Poppy se llevó la mano a la frente. Comenzaba a dolerle la cabeza.

–Estoy muy cansada. Lo consultaré con la almohada y te daré una respuesta por la mañana.

Él se deslizó hacia ella en el sofá.

–Pero ya sabes la respuesta.

Ella lo miró con enfado.

–No me presiones.

Él le acarició la mejilla con un dedo y siguió por el labio inferior.

Cada vez que Gaetano le acariciaba cualquier parte del cuerpo, todas las terminaciones nerviosas de Poppy se ponían en estado de alerta y exigían más de lo mismo. Le costaba trabajo respirar. Él le introdujo el dedo en la boca y, sin darse cuenta de lo que hacía, ella se lo lamió y vio cómo le brillaban los ojos.

–¿Me estás invitando a poseerte esta noche? –preguntó él.

Ella, sobresaltada y avergonzada, lo miró con los ojos como platos.

–¡Parece mentira que me preguntes eso!

–Y a mí me parece mentira que sigas haciéndote la inocente cuando me estás provocando.

–Has empezado tú a acariciarme –le recordó ella a la defensiva–. ¿Siempre eres así de directo?

–Sí. El sexo requiere mutuo consentimiento y no me gustan las señales confusas, ya que pueden producir malentendidos.

Poppy lo miró y se perdió momentáneamente en el ardor de su mirada. La deseaba y se lo demostraba. Su cuerpo reaccionó excitándose. Bajó la vista y, al contemplar el notable bulto masculino bajo los vaqueros, una oleada de calor se le enroscó en los muslos.

–Si no me vas a dejar que te posea, duerme en una de las habitaciones de invitados –dijo él–. No soy masoquista, *bella mia*.

–En una habitación de invitados –repitió ella.

No quería que la utilizase para saciar su deseo, al menos no la primera vez. Sin duda, algún día conocería a un hombre que la quisiera para algo más. Gaetano solo quería dar salida a sus instintos y lo más probable era que no la hubiera deseado en absoluto de no haber estado tan próximos.

Cuando ella llegó a la puerta, él le dijo:

–Si nos casamos, espero que durmamos juntos.

Poppy se dio la vuelta.

–Pero...

–Soy demasiado conocido para poder ocultar mis aventuras durante dos años. Si nos casamos, deberemos parecer felices, al menos al principio. Y yo no puedo ser feliz en un matrimonio sin sexo. ¿Rompería eso nuestro acuerdo?

–Lo pensaré –replicó ella mirando al suelo.

Quería descubrir el sexo con Gaetano, pero no iba

a confesárselo. Era algo íntimo. Comenzó a arderle
el cuerpo al pensar en tener intimidad con él, una intimidad sexual y sin sentido, se recordó. Y le molestó
darse cuenta de que, a pesar de que sabía que para él
no significaría nada, lo deseaba.

Capítulo 6

POPPY se metió en la cama de la habitación de invitados y se abrazó a la almohada. Estaba agotada, pero tan tensa que estaba convencida de que no pegaría ojo en toda la noche.

Iba a casarse con Gaetano Leonetti, con el guapo, asquerosamente rico y triunfador Gaetano, que le provocaba espasmos de deseo con un beso.

Siendo sincera consigo misma, se dijo que no necesitaba una noche para reflexionar. Él la ayudaría a proteger a su madre y la apoyaría para que volviera a estudiar. Si se casaban, todos saldrían ganando.

Siempre que ella no se dejara llevar y comenzara a comportarse como si fueran un matrimonio de verdad. Siempre que no se enamorara de Gaetano. Pero no iba a hacerlo. Él tenía casi treinta años y nunca se había enamorado. Había estado a punto de hacerlo de una mujer que se había casado con un amigo suyo. Y había sido el padrino en la boda, lo que indicaba a Poppy que no debía de ser amor lo que había sentido por ella.

Gaetano tenía la intención de casarse con Poppy, pero no iba a amarla. Sería un matrimonio temporal para hacer feliz a Rodolfo, al menos durante un tiempo. Mentir al anciano le seguía produciendo cargo de conciencia. Era un hombre bueno, muy distinto de Gaetano, que carecía de inteligencia emocional.

Mientras tanto, Gaetano se estaba dando otra ducha fría. Poppy tenía que casarse con él, no había alternativa. En aquel momento, lleno aún de deseo frustrado de ella, pensó que se consumiría si no la tenía tumbada en la cama como el perfecto regalo de boda, con medias de seda cubriendo sus largas piernas, un sujetador de seda sosteniendo sus pequeños senos y sus ojos verdes embrujándolo al mirarlo.

Gimió en voz alta, incapaz de creerse que apenas la hubiera tocado, cuando lo que deseaba hacerle era mucho más.

Se dijo que, si se casaban, unas semanas después todo habría vuelto a la normalidad. El desafío desaparecería y el deseo moriría cuando pudiera poseerla siempre que quisiera. Volvería a ser él mismo. Recuperaría el control y se concentraría completamente en el banco.

¿Cómo era posible que la mera fantasía de hundirse en el cuerpo de Poppy lo excitara más de lo que nunca se había excitado? ¿Qué tenía aquella mujer?

Tal vez fuera su forma de vestir; su naturaleza peleona, ya que a él le gustaba que lo desafiaran; o sus mensajes descarados que lo hacían reír.

¿O sería el hecho de que se sonrojara? Era extraño. Cada vez que mencionaba el sexo, ella se ponía colorada. No podía ser tan inocente, aunque estaba dispuesto a admitir que tuviera mucha menos experiencia que él en la cama.

Gaetano la despertó a una hora infame: las seis de la mañana. Después de haberse duchado y maquillado levemente, se puso un vestido negro y unos zapatos de tacón y bajó al comedor. Gaetano se estaba tomando un café mientras leía el *Financial Times*.

Ella se sirvió cereales bajo su escrutadora mirada y se sentó al otro extremo de la mesa. Gaetano dejó el diario y la miró, incapaz de ocultar su impaciencia.

—Sí, me casaré contigo —le dijo ella sin rodeos.

—¿Significa eso que compartirás mi cama conmigo esta noche?

—Persigues metas equivocadas —lo censuró ella inmediatamente—. Puedes esperar a que estemos casados.

—¡Nadie lo hace hoy en día!

—Nunca he tenido relaciones sexuales. Quiero que sea especial —afirmó ella obstinadamente.

Él la miró con la incredulidad reflejada en el rostro.

—No me lo creo. Te vi con Toby Styles...

—¡Te odio! De todos los momentos que no quiero recordar, tienes que sacar a colación precisamente ese y echármelo en cara.

—Es que fue uno de esos momentos inolvidables que se explicaba por sí solo. Te vi salir de detrás de unos arbustos cubierta de manchas de hierba. Entonces, ¿por qué mientes? Se trata simplemente de sexo, y yo estoy a favor de la igualdad en el dormitorio. Que seas virgen o una prostituta, no es asunto mío.

Poppy apretó los labios.

—Para que lo sepas, aunque no sea asunto tuyo, mi intención era tener sexo con Toby ese día, pero cambié de idea porque no era lo que realmente deseaba.

No, lo que deseaba realmente ese día, reconoció más tarde, era meterse entre los arbustos con Gaetano y tener sexo con él, que había sido la fantasía dominante de su adolescencia.

Él frunció el ceño.

–Pobre Toby...

–Se portó muy bien. Ahora está casado con una amiga mía.

–Pero alguien ha tenido que haber desde entonces.

–No.

Gaetano siguió mirándola como si fuera una atracción de circo.

–Pero eres tan apasionada...

«Solo contigo», pensó ella.

–¿Así que yo seré el primero?

Poppy se encogió de hombros.

–Pero, si crees que te va a desanimar, siempre puedo buscarme a otro para pasar una noche con él.

–Ni se te ocurra.

–Era una broma.

–No me he desanimado, sino que me ha sorprendido. De acuerdo, esperaremos a casarnos, si tanto significa para ti. Pero creo que le das demasiada importancia.

Poppy pensó, apesadumbrada, que lo único que deseaba de ella era cu cuerpo. Al menos, si era legalmente su esposa, sería menos degradante.

–Voy a concertarte una cita con el ginecólogo –prosiguió Gaetano–. El control de la natalidad es importante. No quiero que cometamos un error, ya que no vamos a seguir juntos.

–Por supuesto que no –apuntó ella mientras se tomaba su chocolate caliente y pensaba por primera vez en su vida en tener un hijo.

Le gustaban los niños y siempre había supuesto que algún día sería madre, pero que faltaba mucho para que llegara.

–Y, sobre todo, no te enamores de mí –le advirtió él.

–¿Y por qué iba a hacerlo? –preguntó ella con determinación–. Tener sexo contigo no va a hacer que me enamore. Sé que crees que eres fantástico en la cama, pero no eres lo bastante fantástico fuera de ella.

Gaetano no se lo tomó a mal.

–Eso está bien, porque no quiero complicaciones. Odio que una mujer se enamore de mí y me haga sentir que es culpa mía.

Era sincero, pensó Poppy. Y más valía prevenir que curar.

–Probablemente se enamoren de tu dinero –le dijo ella con voz melosa–. Aún no me has demostrado que tengas una sola característica digna de ser amada.

–Menos mal. No quiero que te hagas una idea equivocada de mí ni de nuestro matrimonio.

–No te preocupes. Nuestro matrimonio será como una de esas fusiones entre empresas. Estás a salvo –afirmó ella en tono alegre–. Simplemente, serás la primera piedra en mi camino sexual.

Gaetano se quedó perplejo al darse cuenta de que no quería que una serie de hombres gozara de Poppy a lo largo de ese camino. En realidad, sintió náuseas, pero lo atribuyó al hecho de que él aún no la hubiera poseído.

La noche de bodas le curaría de los males que lo afligían. ¿Desde cuándo había dado tanta importancia al sexo? De todos modos, había hecho bien en hablar con Poppy para estar seguros de que cada uno conocía las expectativas del otro.

–Comenzaré a preparar la boda hoy mismo –dijo él.

–Estás muy guapa –le dijo Jasmine a su hija cuando ella salió del dormitorio con el traje de novia.

Jasmine había acudido a la boda de su hija con un miembro del personal de la clínica. Aunque Poppy había notado una mejora notable en el aspecto y el estado de ánimo de su madre, sabía lo difícil que le resultaba volver a Woodfield Hall, donde había estado tan deprimida. Y aunque Poppy le había pedido que recorriera con ella la nave central de la iglesia hasta el altar, sería su hermano el que lo haría, ya que Jasmine no soportaría ser el centro de atención de tanta gente.

Poppy entendía la renuencia de su madre, ya que acudirían a la boda cientos de invitados. Los Leonetti siempre se habían casado en la capilla levantada en el terreno que rodeaba Woodfield Hall, y ni Rodolfo ni Gaetano habían hallado motivo alguno para romper con la tradición.

Gaetano había esperado que Poppy se trasladara a la casa principal, como si ya formara parte de ella, pero Poppy había vuelto al piso del servicio en el que se había criado, dispuesta a ir y venir según sus necesidades.

–Espero que sepas lo que haces –le murmuró Damien al oído a su hermana al salir de su habitación vestido elegantemente de esmoquin. Pareció aliviado al darse cuenta de que su madre y su acompañante habían salido en dirección a la iglesia–. Siempre has sentido algo especial por Gaetano.

–Ya te he dicho que se trata de un asunto de negocios.

Damien suspiró.

–Puede que lo sea para él. Pero, si solo se trata de negocios, ¿por qué miras continuamente el móvil y no dejas de mandarle mensajes?

–Espera que lo tenga al tanto de los preparativos de la boda.

–Ya, como si sus empleados no pudieran hacerlo.

Pero era cierto, pensó ella con tristeza. Gaetano era un maniático de los detalles y tenía ideas muy claras sobre cómo debía ser la boda, cuando ella había supuesto que sería un tema que no le interesaría.

Aunque, como él le había dicho, apenas lo había visto desde hacía un mes, habían estado en contacto telefónico permanente mientras él viajaba por Europa.

Poppy había seguido trabajando en el café, sin tener en cuenta la opinión de Gaetano.

Se subió a la limusina que esperaba para recoger a la novia y a su hermano. La capilla estaba muy cerca, y ella hubiera preferido ir andando, pero Gaetano se había opuesto alegando que resultaba poco digno.

También se había negado a que ella llevara flores en el pelo, y tuvo que ponerse una diadema de diamantes perteneciente a su familia. Y, como remate, se había comportado como un príncipe azul y le había comprado unos zapatos para la boda que había visto en Milán y que eran preciosos, todo había que decirlo.

–¿Estás nerviosa? –preguntó Damien.

–¿Por qué iba a estarlo? Bueno, lo estoy solo porque los Leonetti han invitado a cientos de personas.

–Incluyendo al personal de la finca y a la gente del pueblo. Los ricos se van a mezclar con la gente normal –apuntó Damien riéndose.

Poppy sonrió. Gaetano había cumplido la última promesa que le había hecho antes de acordar su compromiso. En el plazo de una semana, Damien comenzaría a trabajar de mecánico en un taller de Londres que llevaban otros expresidiarios. La alegría de su hermano por poder empezar de cero en un sitio donde no tendrían en cuenta su pasado la había hecho muy feliz.

En los ratos libres que había tenido entre los preparativos de la boda y hacer compañía a Rodolfo, que se sentía solo en su enorme mansión, Poppy había comenzado a considerar la idea de estudiar diseño paisajístico.

Agarró a su hermano del brazo y observó que Gaetano se hallaba al final de la nave central de la capilla y que se había dado la vuelta para verla llegar. Ella sonrió.

Pensó que toda aquella pompa resultaba ridícula para una pareja que no estaba enamorada. Pero Gaetano desempeñaba my bien el papel de novio, tan alto, moreno, guapo y bien afeitado. Le brillaban los ojos. Ella reconoció que tenía un aspecto fantástico y, de pronto, se sintió feliz.

Al verla, Gaetano se quedó sin aliento. Su cintura era tan estrecha que la podría tomar entre sus manos y, tal como le había pedido, llevaba el cabello suelto sobre los hombros, que contrastaba vivamente con el blanco del vestido. Y se había puesto los zapatos que le había comprado.

El sacerdote divagó un rato. Se intercambiaron los anillos. Poppy tembló cuando Gaetano le puso el suyo y, al levantar la cabeza, vio sus ojos devorándola. Se ruborizó al pensar en la noche que la esperaba. Le producía emoción al mismo tiempo que una leve aprensión.

Estaba contenta de que Gaetano fuera a ser su primer amante. ¿Quién mejor que el hombre del que se había enamorado en la adolescencia? Al fin y al cabo, ningún otro había logrado borrárselo de la memoria, aunque un día aparecería otro, se dijo mientras él la agarraba de la mano y le acariciaba la muñeca con el pulgar, con la sensualidad que lo caracterizaba.

—He tenido que esperarte diez minutos en el altar, pero la espera ha merecido la pena —dijo él mientras volvían a recorrer la nave central hacia la salida.

—Te avisé que me retrasaría. Conociéndote, seguro que habrías preferido que yo te hubiera esperado humildemente.

—No, habría bastado con que me hubieras esperado desnuda —le susurró él al oído—. En cuanto a lo de la humildad, ¿bromeas? No eres esa clase de persona.

Cuando salieron, Rodolfo la abrazó sonriendo.

—Bienvenida a la familia.

Una hermosa rubia la observó con sorpresa cuando, a petición del fotógrafo, Poppy abrazó a Gaetano y lo miró, embobada. Mientras él le dedicaba una de sus maravillosas y carismáticas sonrisas, Poppy pensó que se le daba bien fingir.

–Enhorabuena, Gaetano –la rubia les salió al paso mientras se dirigían a la limusina para volver a la mansión.

–Poppy, te presento a Serena Bellingham. Nos vemos después, Serena.

–¿Es la mujer con quien estuviste a punto de casarte? –le preguntó Poppy volviendo la cabeza para mirar a la sonriente rubia, que tenía el tipo de una modelo.

–No hagas una montaña de un grano de arena, como suelen hacer las mujeres –gruñó él, irritado–. No estuve a punto de casarme con Serena y, si lo hubiera estado, no es asunto tuyo. Esta boda es falsa.

Poppy palideció. Se sentía como si la hubieran abofeteado, tremendamente dolida y humillada, pero no entendía por qué. Pero era indiscutible que Gaetano tenía razón: la suya no era una boda normal y ella no tenía derecho a hacerle preguntas indiscretas sobre sus exnovias.

Gaetano se dio cuenta de que había sido grosero con ella.

–Lo siento. No debiera haberte dicho eso.

–No pasa nada. Soy entrometida por naturaleza.

–Serena es una economista muy inteligente que tal vez venga a trabajar a nuestro banco ahora que vuelve a estar soltera. Su ex la envidiaba por su éxito. Parece que fue la razón principal de que su matrimonio fracasara.

A Poppy se le contrajo el estómago. Parecía que Gaetano había hablado recientemente con Serena y que ella le había hecho confidencias, lo cual la dejó consternada. Se temía que, si la hermosa rubia iba a trabajar con Gaetano, no solo sería para progresar en su profesión. Pero, aunque así fuera, ¿a ella qué le importaba? Era la esposa de Gaetano y pronto sería su amante, pero no tenía ningún derecho sobre él, lo que de pronto le pareció que conduciría al desastre.

Woodfield Hall estaba abarrotada de invitados. Jasmine se acercó a su hija para preguntarle si le parecía bien que se fuera. La madre de Poppy no quería estar cerca del alcohol. Ella lo entendió, la abrazó y quedaron en hablar por teléfono con regularidad.

Cuando Gaetano fue a reunirse con su esposa, Poppy estaba saludando a una de sus antiguas compañeras de escuela, Melanie, que estaba casada con Toby Styles, el guardabosques de la finca.

Abrumada por la presencia de Gaetano, Melanie comenzó a hablar sin parar.

–El señor Leonetti y tú... es tan romántico, Poppy. ¿Sabe? –prosiguió Melanie dirigiéndose directamente a Gaetano–. De adolescentes, Poppy solo tenía ojos para usted.

Gaetano le respondió con una frase ingeniosa, pero Poppy creyó morirse de vergüenza.

Entonces, Toby le sonrió.

–¡Que me lo digan a mí! –bromeó.

«¡Tierra trágame!», se dijo Poppy de forma melodramática mientras Gaetano soltaba una carcajada y hablaba con la pareja sobre su trabajo en la finca como si nada hubiera pasado. Desde luego, ¿por qué iba a sentirse avergonzado Gaetano al recordársele el enamoramiento adolescente de Poppy?

Ella observó que Rodolfo estaba hablando con Serena Bellingham, que le sonreía de forma encantadora. Poppy se reprochó por tener malos pensamientos. ¿Y por qué? ¿Solo porque Serena se hubiera acostado con Gaetano?, ¿porque tuviera el aspecto, la educación y la posición social que hacían de ella la esposa perfecta para Gaetano?, ¿o porque Gaetano hubiera elegido libremente tener una relación con ella en tanto que había acabado con Poppy por accidente y la había retenido porque le convenía?

Serena la miró a los ojos y se le acercó.

—Veo que te despierto curiosidad. Soy la única verdadera ex de Gaetano, por lo que es lógico.

—Posiblemente —asintió Poppy, resuelta a tener mucho cuidado con lo que decía y avergonzada por la mezcla de envidia y resentimiento que se esforzaba en reprimir.

—Cuando nos conocimos éramos muy jóvenes —afirmó Serena—. Por eso rompimos. Gaetano no estaba dispuesto a comprometerse y yo sí, y al final me casé con otro.

—Cada persona madura a su propio ritmo —observó Poppy.

—La madurez es lo de menos —afirmó Serena de forma rotunda—. Gaetano y tú no duraréis ni cinco minutos juntos. No tienes nada que ofrecerle.

Desconcertada ante el repentino ataque, Poppy contestó:

—Eso es discutible.

—Pero le servirás muy bien para un primer matrimonio corto. No encajas en su mundo y nunca lo harás.

Poppy iba a responderle cuando Gaetano le pasó el brazo por la cintura mientras le lanzaba una mirada de reojo para indicarle que tuviera cuidado.

Ella se enfureció. Era evidente que Gaetano desconocía la naturaleza real de Serena y que desconfiaba de Poppy y de cómo fuera a portarse con Serena. Atrapada por el brazo de Gaetano, reflexionó sobre lo que Serena le acababa de decir.

La afirmación de que nunca encajaría como esposa de Gaetano le había dolido, sobre todo porque, a la hora de decidir lo que se pondría el día de la boda, había hecho una elección muy convencional.

¿Por qué?, se preguntó, irritada. Lo había hecho por Gaetano, por complacerlo, para que estuviera orgulloso de ella y se diera cuenta de que la hija del ama de llaves podía acertar en una ocasión señalada.

El desprecio de Serena por todo lo que ella tenía que ofrecer le había dolido y humillado.

Por suerte, a partir de ese momento, el día pasó muy deprisa. A Poppy le dolía la garganta, cosa que atribuyó al tiempo que había estado hablando con unos y con otros. Comió poco, a pesar de que estaba intentando recuperar el peso que había perdido en los meses anteriores al trabajar en dos sitios. Por desgracia, había perdido el apetito.

Se cambió y se puso unos pantalones y una camiseta para el viaje en avión a Italia.

El lujoso interior del jet privado de los Leonetti la dejó sin habla. Examinó el anillo de diamantes y rubíes que llevaba en el dedo, al lado de la alianza matrimonial, y recordó las palabras de Serena: «No encajas en su mundo y nunca lo harás».

¿Y qué más le daba cuando no iba a estar casada con él mucho tiempo?, se preguntó Poppy, inquieta ante la inseguridad que la asaltaba. ¿Por qué iba a preocuparse de lo que pensara Serena o de lo que realmente quisiera de Gaetano? Suponía que Serena tenía la intención de ser la segunda esposa de Gaetano, esa vez de forma permanente.

¿Y qué?

No sentía nada por Gaetano, más allá de la tolerancia, se recordó Poppy. El deseo era físico, no cerebral.

Capítulo 7

PARA! ¡Para el coche! –gritó Poppy mientras el todoterreno descendía por una carretera campestre llena de curvas.

Sobresaltado, Gaetano pisó el freno. Se quedó sorprendido al ver que ella se bajaba de un salto y supuso que se había mareado. Pero ella salió corriendo en la dirección de la que procedían y se agachó.

Con los pantalones manchados de sangre y polvo, se levantó. Tenía algo peludo en los brazos, que sostenía con ternura, como si fuera un bebé.

–Es un perro. Lo han debido de atropellar.

–Dáselo a los guardaespaldas. Ellos se ocuparán –dijo Gaetano.

–No, lo haremos nosotros. ¿Dónde hay una clínica veterinaria?

El perro, una mezcla de varias razas, le lamió los dedos y gimió de dolor. Un cuarto de hora después estaban en una clínica y Gaetano hablaba con el veterinario en italiano.

–Me ha dicho –explicó a Poppy– que el animal no tiene microchip ni collar y que no han denunciado su desaparición. Se le puede operar y, por descontado, yo pagaría la operación y el tratamiento, pero tal vez sea más práctico sacrificarlo.

–¿Más práctico?

–En vez de hacer pasar al perro por el trauma de la cirugía y una larga recuperación, cuando la perrera local ya está llena. Si no hay posibilidad de que vaya a otro hogar...

–Me quedaré con él –afirmó ella.

Gaetano soltó un gemido.

–No es momento de sensiblerías.

–No se trata de eso. Me quedo con Muffin.

Él la miró con los ojos como platos.

–¿Muffin?

–Muffin –insistió ella.

–Pero puedo comprarte un hermoso cachorro con pedigrí, si quieres –murmuró Gaetano sin ocultar su incredulidad–. Muffin no es ninguna belleza y es viejo.

–¿Y qué? Me necesita mucho más que un cachorro –afirmó ella en tono desafiante–. Considéralo un regalo de boda.

Después de haber hablado con el veterinario para que se hiciera cargo del perro, volvieron a la carretera.

–Te has vuelto insensible –susurró ella con tristeza mientras lo contemplaba de perfil–. ¿Qué te ha ocurrido?

–Que he madurado. No vayas a hacer un drama de esto. Si alguien o algo te importa demasiado, al final acabas sufriendo. Lo aprendí a muy temprana edad.

–Pero te cierras a muchas cosas buenas de la vida –contraatacó ella.

–¿Ah, sí? Rodolfo tuvo un matrimonio largo y feliz, pero se quedó tan destrozado cuando falleció mi abuela que quería morirse también.

–Eso es el duelo. Piensa en todos los años felices que pasó con su esposa. Todo tiene sus desventajas, Gaetano. El amor es una recompensa en sí mismo.

Gaetano soltó una palabrota en italiano para mostrar su desacuerdo.

–Pues a mi madre no la recompensó cuando su esposo, al que había adorado, se iba con prostitutas a esnifar cocaína. Tampoco me recompensó a mí, que era su hijo, cuando su segundo y millonario esposo la convenció de que olvidara que había dejado a un hijo en Inglaterra. Pero te alegrará saber que ese hombre amaba a mi madre –afirmó él con desprecio–. Tal y como me lo explicó cuando trató, hace unos años, de tender un puente entre nosotros, Connor la quería tanto que estaba celoso de su primer matrimonio y del hijo fruto del mismo.

Poppy se había puesto pálida.

–Esa es una clase de amor distorsionado.

–Pues es muy habitual –concluyó él en tono gélido–. Por eso nunca he querido tener nada que ver con ese sentimiento.

Poppy sabía cuándo debía quedarse callada. Era evidente que la experiencia familiar influía en la opinión de Gaetano. Los padres de ella habían sido felices en su matrimonio, pero no los de él. Y la decisión de su madre de abandonarlo para complacer a su segundo esposo lo había hecho sufrir aún más.

A Poppy le había sorprendido que Gaetano no hubiera invitado a su madre a la boda. Al preguntarle la razón a Rodolfo, este se había limitado a encogerse de hombros y a decir que su antigua nuera rara vez volvía a Inglaterra.

Gaetano se desvió de la carretera principal y tomó un sendero que serpenteaba entre campos de olivos, más allá de los cuales se extendía el bosque, que a veces dejaba ver las colinas cubiertas de viñas y un pueblo amurallado.

–Tendremos que tener cuidado de no olvidarnos del papel con tu abuelo tan cerca –apuntó Poppy.

–La Fattoria, la casa principal, está a casi dos kilómetros de distancia. No nos veremos a no ser que vayamos a visitarlo. Intentará por todos los medios no resultar entrometido, ya que se trata de nuestra luna de miel –afirmó Gaetano en tono seco.

–Así que hace tiempo que la propiedad pertenece a tu familia.

–Rodolfo la compró antes de nacer yo, pues le pareció un lugar ideal para las vacaciones familiares, con al menos doce niños corriendo de un lado a otro –le explicó en tono más apesadumbrado que despreciativo–. Por desgracia, fui hijo único y mis padres solo venían con grupos de amigos. Mi abuelo puso la casa a mi nombre hace cinco años, y la he remodelado por completo.

Al doblar la curva apareció un magnífico edificio de piedra clara. Era más grande de lo que había pensado Poppy, pero estaba aprendiendo que las propiedades de los Leonetti siempre eran enormes, porque, aunque la familia solo estuviera compuesta por Rodolfo y su nieto, el anciano no parecía pensar en términos de conveniencia.

Grandes tiestos con flores adornaban la terraza. De la puerta principal salieron una mujer menuda con delantal y un hombre alto y desgarbado.

–Dolores y Sean cuidan de La Fattoria.

Gaetano le presentó a la pareja irlandesa, ambos de mediana edad, que se hizo cargo del equipaje.

Poppy aceptó una copa de vino y se sentó en la terraza para disfrutar de la vista, a pesar del calor agobiante que hacía. Estaba muy cansada, por lo que había rechazado la invitación de Dolores de enseñarle la casa.

Lo peor era que le estaba empezando a doler la cabeza y tenía un picor de garganta que ya le había producido tos varias veces y le había enronquecido la voz.

Solo le faltaba eso. Estaba de viaje de novios en la Toscana, en un lugar maravilloso, con un hombre guapísimo, y estaba incubando un fuerte catarro.

El dormitorio principal era un gran espacio con suelo de baldosas y una enorme cama. El cuarto de baño estaba fuera, y a Poppy le encantó el complejo sistema de chorros de la ducha. Todo en la casa llevaba el sello moderno de Gaetano, y la ducha no era una excepción. Le costó varios intentos entender cómo funcionaban los grifos.

Después de haberse duchado, se puso un ligero vestido de algodón y bajó al piso inferior.

Con el cabello aún húmedo de la ducha, Gaetano se reunió con ella en la terraza y le puso una copa de vino en la mano.

–De nuestra bodega, que ha ganado varios premios. Rodolfo se ocupa de los viñedos.

Poppy lo miró. Era tan guapo que le resultaba difícil apartar la vista de él. Sus espectaculares ojos tenían un aire reflexivo cuando se apoyó en una columna para disfrutar de la vista panorámica.

Poppy pensó en el tiempo que hacía que se habían besado y en si un beso podía resultar tan maravilloso como lo recordaba. Probablemente no, ya que era una soñadora. ¿Cómo, si no, podía haberse imaginado, aunque fuera de adolescente, que Gaetano Leonetti se interesaría seriamente por ella?

Y, sin embargo, allí estaba, con el anillo de casada en el dedo. Pero su matrimonio seguía sin ser real, solo una fantasía, se dijo. Había sido una falsa novia y una falsa prometida, y se había convertido en una falsa esposa.

De hecho, la noche de bodas sería lo único que no sería falso entre ellos.

Le pareció que la sangre le circulaba con dificultad por las venas. Apuró el vino y dejó la copa. Se le habían endurecido los pezones. Agarró el menú escrito a mano que había en la mesa y leyó los platos que se iban a servir.

–No tengo ganas de comer. Creo que no voy a poder tomar nada –le dijo a Gaetano–. Espero que Dolores no se ofenda.

Él la miró, frunció el ceño, volvió a entrar en la casa y desapareció de su vista. Minutos después, Poppy oyó que un coche arrancaba y se alejaba. Gaetano volvió, la agarró de la mano y tiró de ella para que entrara.

–¿Tenemos que comer en el comedor? Hará calor –Poppy suspiró.

–No, no tenemos que hacer nada que no queramos –respondió él al tiempo que la tomaba en brazos–. He dicho a Sean y a Dolores que se vayan. Estaremos solos hasta mañana. Y tengo muchas más ganas de ti que de comer.

–¡No irás a subirme en brazos las escaleras!

–Ahora mismo podría subirte diez pisos –afirmó él.

La besó en la clavícula y ella echó la cabeza hacia atrás mostrándole su blanco cuello al tiempo que su cabello caía sobre el brazo masculino.

Gaetano añadió:

–Te felicito; has sido la única mujer lo bastante inteligente como para hacerme esperar.

–¿Esperar qué? ¡Ah...!

Él la sentó en la cama. Ella se quitó los zapatos mientras pensaba que debiera haber tomado un calmante para el dolor de cabeza y de garganta. Pero no podía estropear el momento reconociendo que no estaba bien. Y para tomar medicación tendría que decírselo a Gaetano, ya que ella no tenía medicinas en el equipaje, salvo las píldoras anticonceptivas.

Él, después de besarle los hombros y la nuca, le bajó la cremallera del vestido.

–He muerto y estoy en el paraíso –dijo mientras el vestido caía a la alfombra dejando a la novia en corsé de seda azul y braguitas a juego.

–Este es tu regalo de bodas –le anunció ella tumbándose en la cama con una seguridad que no sabía que poseyera.

Sería distinto, desde luego, cuando él comenzara a quitarse la ropa y se quedara desnudo. De momento, sin embargo, ella se sentía muy bien porque había adivinado que a Gaetano le gustaría la lencería sexy que realzaba el cuerpo femenino. Y él siempre la miraba como si tuviera un cuerpo estupendo, lo cual había obrado milagros en su autoestima.

—No, tú eres mi regalo de bodas —afirmó él con convicción—. He estado contando las horas que faltaban para estar juntos.

La sorpresa la hizo abrir mucho sus luminosos ojos verdes y se contuvo para no responderle que lo que acababa de hacer era un comentario romántico. A fin de cuentas, a Gaetano solo le interesaba el sexo, y ni el idilio ni el compromiso iban a desempeñar papel alguno en su matrimonio. ¿Y no era eso lo que a ella también le interesaba?

Cuando Gaetano se sentó en la cama, con la camisa desabrochada, que dejaba al descubierto su torso bronceado y musculoso, Poppy se quedó extasiada. Era un hombre deslumbrante y, de momento, era suyo. ¿Para qué mirar más allá? ¿Por qué complicar las cosas?

Él le desabrochó el corsé y le recorrió con el dedo la columna vertebral para después hacerlo con la boca.

—Eres muy hermosa, *gioia mia*.

Poppy ocultó una sonrisa tras la melena y cerró los ojos mientras él le quitaba el corsé y le ponía las manos en los senos. Ella arqueó la espalda y él le acarició los pezones, lo que la hizo gemir.

Gaetano le dio la vuelta para estar frente a frente.

—Quiero ser tu primer amante —susurró él con voz ronca—. Será un privilegio.

—Ten cuidado, Gaetano. Me estás diciendo cosas agradables.

Poppy sintió vergüenza de sus senos desnudos y se los cubrió con las manos.

–Puedo ser muchas cosas, pero agradable no suele ser una de ellas –aseguró él mientras la empujaba para tumbarla a su lado y la besaba en la boca.

Un placer desenfrenado la recorrió de arriba abajo cuando sus lenguas se tocaron. Una electrizante oleada de deseo se apoderó de ella cuando él comenzó a acariciarle los senos. Después, bajó la cabeza para acariciarle los pezones con la boca.

–Parecen perlas –afirmó él mientras le acariciaba uno y la miraba–. Me preguntaba de qué color serían.

Ella lo miró con los ojos como platos.

–¿En serio?

–Y son perfectos, como toda tú –añadió él antes de lamérselo–. Ha merecido la pena esperarte en la iglesia.

Poppy no se sintió tan complacida como supuso que se sentiría cuando él le dedicó tales piropos. Estaba interfiriendo con la fantasía que albergaba de que Gaetano la quisiera por toda una serie de razones, salvo por su físico.

–Lo mismo digo –afirmó ella dispuesta a dar la vuelta a la situación.

Se sentó en la cama y lo empujó contra la almohada. Él la examinó con ojos inquisitivos. Ella le puso la mano en el pecho y la hizo descender hasta su estómago plano.

–No te pares –pidió él con voz ronca.

Ella le desabrochó el cinturón y el botón de la cintura de los pantalones con dedos torpes. Agarró la cremallera. Su falta de experiencia le resultó evidente a Gaetano, que experimentó una extraña ternura al contemplar la timidez reflejada en su rostro sofocado.

Al darse cuenta de cómo la miraba, ella comentó:

—Todo el mundo tiene que aprender en algún momento.

Gaetano se bajó la cremallera y volvió a tumbar a Poppy de espaldas en la cama. Después se desnudó.

—Si me acariciaras ahora, todo acabaría muy deprisa. Por eso voy a ser yo quien te acaricie. Tú quédate tumbada y déjame hacer el trabajo.

—Si lo consideras un trabajo, no creo que merezca la pena que te molestes.

—Nada va a detenerme ya. Me muero de ganas de estar dentro de ti —Gaetano se inclinó sobre ella y su erección le presionó la cadera—. Llevo semanas fantaseando con tenerte en la cama.

—Las fantasías nunca se convierten en realidad —apuntó ella, nerviosa—. No quiero ser una fantasía.

—Lo siento, pero se trata de mi fantasía —repuso él acariciándole la cadera, desde la que descendió hasta su centro caliente, húmedo y secreto.

Poppy arqueó las caderas y cerró los ojos mientras él la acariciaba entre los muslos. Comenzó a jadear y se estremeció cuando él le acarició el clítoris con el dedo.

Su cuerpo se estaba convirtiendo en una espiral de deseo creciente. Incluso le resultó difícil de soportar el roce de un dedo en su estrecha entrada.

Bajó las caderas mientras el corazón le latía desbocado y él le acariciaba la parte interna de los muslos y se los separaba.

—¡No puedes hacer eso! —exclamó ella, consternada.

–Calla –respondió él con suavidad–. No me tienes que decir lo que debo hacer en la cama.

La caricia de la lengua masculina en terminaciones nerviosas muy sensibles la dejó sin habla y, después, sin pensamientos. Levantó y bajó la cabeza varias veces sobre la almohada, gritó su nombre, gimió, perdió el control hasta tal punto que, cuando se produjo la explosión liberadora, el mundo dejó de girar durante unos minutos mientras su cuerpo seguía sometido a contracciones y Gaetano la miraba con satisfacción.

Cuando él la empujó suavemente hacia el lecho, ella sintió que su masculinidad de acero le presionaba su centro, aún palpitante. Sintió que su deseo renacía. Él la penetró poco a poco forzando su delicada entrada.

–Estás muy tensa –gimió él retrocediendo y colocando las caderas de nuevo para intentar otra penetración con más fuerza.

El intenso dolor hizo que Poppy se estremeciera durante una décima de segundo, pero, después, su cuerpo superó ese pasajero momento de incomodidad y se regodeó al sentirse invadido. Ella gimió suavemente y movió las caderas para gozar de la dureza de su masculinidad.

Gaetano lanzó un juramento en italiano.

–Estoy en la gloria –le susurró al oído–. ¿Te hago daño?

–No –respondió ella con sinceridad.

Y él volvió a moverse retrocediendo y avanzando a tal profundidad que ella soltó un grito de gozo.

A partir de ese momento, el entusiasmo de ella se incrementó con cada embestida masculina.

Con el corazón latiéndole a toda velocidad, enlazó las caderas masculinas con las piernas al tiempo que se elevaba hacia él para ajustarse a su ritmo mientras su excitación iba en aumento. Y, cuando llegó a la cumbre por segunda vez, se lanzó a ella en un delirio febril de intensos temblores y quedó a la deriva inmersa en el placer.

–Ha sido fantástico –musitó Gaetano mientras rodaba sobre sí para tumbarse al lado de ella y le pasaba un brazo por el tembloroso cuerpo–. Has estado fantástica, *bella mia*.

Poppy se sentía agotada, pero muy a gusto, rodeada por su brazo, maravillada de la sensación de paz sublime que experimentaba.

Más tarde se dio cuenta de que el dolor de cabeza y garganta le habían aumentado. Se sintió culpable por no haber prevenido a Gaetano y esperó que no se resfriara también él.

Iba a decírselo cuando él se sentó en la cama y le dijo en voz baja:

–Posiblemente, el que me haya parecido tan fantástico se deba a que ha sido la primera vez que lo he hecho a pelo.

–¿A pelo?

–Sin protección. Hace dos semanas me hice un reconocimiento médico para comprobar que estaba sano, y tú ya estás protegida contra los embarazos –le recordó–. No he podido resistir la tentación de probarlo.

Ella no hizo comentario alguno porque sabía que él sería ultracuidadoso en lo referente a la protección, ya que no serlo y arriesgarse a un embarazo sería un coste excesivo para ambos.

–Tengo mucha hambre, ¿y tú? –dijo él mientras se levantaba de la cama.

–No –la idea de tener que tragar alimentos con lo que le dolía la garganta hizo que se estremeciera–. Pero me vendría bien un té.

–Tendrás que preparártelo tú. He dado el día libre al servicio.

–Llevo preparándome el té desde que era una niña –afirmó ella con ironía.

–Se me había olvidado –Gaetano frunció el ceño–. Tienes una voz rara.

Poppy suspiró.

–Me estoy resfriando. Espero que no te lo haya contagiado.

–Nunca me acatarro –comentó él antes de meterse en el cuarto de baño.

Unos segundos después, ella oyó el agua de la ducha.

Estaba tan cansada que no quería moverse, pero estaba acostumbrada al cansancio, ya que llevaba meses limpiando Woodfield Hall durante el día y trabajando en el bar por la noche. Se levantó y fue al vestidor a por ropa y, después, a buscar otro cuarto de baño.

Gaetano no le había hecho mucho daño, pensó mientras se vestía. Había sido considerado y la había hecho disfrutar de forma increíble. Pero ¿por qué se le clavaba como un puñal en el pecho la idea de que él hubiera aprendido con otras mujeres a hacer gozar con el sexo?

Estaba ardiendo y se sentía mareada. Estaba claro que el catarro era mayúsculo, pero no quería ser una carga para Gaetano diciéndole que se encontraba fatal. Tras una noche de sueño reparador se sentiría mucho mejor.

Vestida con unos pantalones y una camiseta de algodón, bajó las escaleras, buscó la cocina y encendió el hervidor. Oyó que Gaetano hablaba con alguien. Con el ceño fruncido fue a ver de quién se trataba, pero se dio cuenta de que estaba hablando por teléfono con voz airada.

Cuando él la vio, Poppy se quedó inmóvil ante la frialdad de su mirada.

—¿Qué pasa? —preguntó ella con voz ronca.

Gaetano se metió el móvil en el bolsillo y la miró con enfado, casi como si no la conociera.

—Era Rodolfo. Me ha llamado para prevenirme de lo que un periódico sensacionalista va a publicar mañana. Un amigo que trabaja en la prensa le ha dado el soplo.

Poppy oyó que el hervidor se apagaba a sus espaldas y se volvió, desesperada por aliviar el dolor de garganta con una bebida caliente.

Gaetano soltó una carcajada carente de alegría.

—¿Cuándo pensabas decirme que habías posado desnuda como modelo?

Poppy se dio la vuelta y lo miró con los ojos como platos.

—¿De qué estás hablando?

—Ese periódico va a publicar fotos tuyas desnuda. ¡Mi esposa desnuda a los ojos de todo el mundo! ¿Cómo has podido rebajarte de esa manera?

—Nunca he trabajado posando desnuda. No puede haber fotos mías de esa clase —protestó ella, pero, después, se quedó inmóvil con la ansiedad reflejada en el rostro.

–Te acabas de acordar, ¿no? –le preguntó Gaetano con desdén–. Pues gracias por avisarme. De haberlo sabido, hubiera comprado las fotos para sacarlas del mercado.

–No es lo que crees –comenzó a explicarle ella con torpeza, horrorizada ante la idea de que las fotos se las hubieran sacado en el estudio fotográfico sin que ella se hubiera dado cuenta. Pero... ¿qué otra cosa podía ser?

Un ataque de ansiedad, unido al estado febril en que se hallaba, hizo que le resultara difícil respirar. Se dejó caer en una silla.

–No me siento bien –murmuró en tono de disculpa.

–Si crees que por fingir que estás enferma vas a salirte de rositas, olvídalo –le aseguró él, tan airado que tuvo que hacer grandes esfuerzos para no gritar.

La idea de que aparecieran fotos de ella desnuda en todos los medios de comunicación lo había hecho reaccionar visceralmente. Se sentía ofendido. Poppy era su esposa, y los secretos de su cuerpo eran suyos y no estaba dispuesto a compartirlos.

Tenía ganas de liarse a puñetazos con las paredes y de romper cosas. Una oscura furia se había apoderado de él, pero no porque otro escándalo asociado a su nombre fuera a arrastrar de nuevo por el lodo al Leonetti Bank. Su reacción era personal.

–No estoy fingiendo –dijo ella al tiempo que se levantaba de nuevo.

–Quiero saber la verdad. Si me lo hubieras contado, no me habría casado contigo.

Poppy volvió a sentarse porque las piernas se negaban a sostenerla. Se sentía muy enferma y pensó que era la gripe.

Le había dicho que no se habría casado con ella de haber conocido la existencia de las fotos. ¿Quién hubiera pensado que Gaetano, el famoso mujeriego, tendría una mentalidad tan cerrada? ¿Y a ella qué le importaba?

Pues le importaba.

Una solitaria lágrima le rodó por la mejilla y volvió a intentar levantarse, pero no podía respirar. Era como si una roca gigantesca le comprimiera los pulmones. Llena de pánico ante la falta de aire, se llevó las manos a la garganta para ahuyentar la oscuridad que la amenazaba.

Gaetano la miró con incredulidad mientras ella se deslizaba de la silla hasta el suelo y yacía allí tendida, inconsciente, con una palidez mortal.

Y, de repente, la publicación de las fotos de su esposa desnuda dejó de ser su máxima preocupación.

Capítulo 8

NO, NO creo que mi esposa padezca un trastorno de la alimentación –dijo Gaetano en la sala de espera.

–La señora Leonetti está muy delgada, deshidratada y en malas condiciones físicas –comentó el médico con desaprobación–. Por eso ha sufrido una fuerte infección bacteriana. Seguimos intentando bajarle la fiebre. Es un milagro que haya conseguido superar una boda y un viaje en su estado.

–Un milagro... –susurró Gaetano sintiendo náuseas.

Por primera vez en su vida llena de logros y éxitos, se sintió un fracasado.

¿Cómo iba a sentirse? Poppy se había desmayado y estaba con una máscara de oxígeno y medicada en cuidados intensivos. Era cierto que no le había dicho cómo se sentía, pero un ser humano normal, ¿no habría notado que pasaba algo?

Su mente analítica le indicó con toda claridad dónde se había equivocado. Había estado muy ocupado admirando la estrecha cintura de su prometida para fijarse en que estaba demasiado delgada, y tratando de llevársela a la cama para notar que no estaba bien. Y, cuando ella había intentado decírselo, ¿qué había hecho él? ¡Acusarla a gritos de que estaba fingiendo!

—¿Puedo verla?

De pie junto a la cama, miró a Poppy con ojos desprovistos de deseo. Siempre lo había impresionado por su viveza y energía, por lo que instintivamente había supuesto que gozaba de buena salud.

Al verla callada e inmóvil, se dio cuenta de lo vulnerable que era. Se apreciaba en los finos huesos del rostro, la delgadez de los brazos y el agotamiento que revelaban las sombras azuladas bajo los ojos.

¿Y cómo no iba a estar agotada? Llevaba meses haciendo dos trabajos. Había estado tan ocupada cuidando de su madre y de su hermano que se había olvidado de cuidar de sí misma, de comer y descansar de forma regular. E incluso cuando podía haberlo hecho en Londres, se había empeñado en trabajar en aquel café.

En realidad, era tan adicta al trabajo para lograr su orgullosa independencia como él. Solo esperaba no estar equivocado al creer que no sufría un trastorno alimentario.

—Su abuelo lo espera fuera —le anunció una enfermera.

Gaetano regañó al anciano.

—No había necesidad de que vinieras. Te he mandado un mensaje solo para que supieras dónde estaba.

—¿Cómo está? —preguntó Rodolfo, preocupado.

Gaetano se lo contó sin omitir detalle alguno.

—Hasta ahora he sido un mal marido —concluyó antes de que se lo dijera su abuelo.

El anciano suspiró.

—Tienes mucho que aprender. Pero ella es una mujer excelente, por lo que merece la pena. Y lo importante no es el punto de partida, Gaetano, sino el de llegada.

Gaetano pensó que Rodolfo se equivocaba por completo. El punto de partida era lo más importante cuando se había bloqueado el camino hacia el de llegada. Su matrimonio no era tal, y la relación comenzaba a fallar. Había bloqueado el camino con la palabra «divorcio» y lo había empleado como excusa para portarse mal.

Se había comportado de forma tremendamente egoísta con Poppy, ni más ni menos; con Poppy, que había paseado con Dino, su perro, y con él por la finca cuando eran niños.

¿Cómo era ella entonces?

Como una irritante hermana pequeña: amable, muy cariñosa, su mayor admiradora.

Gaetano lanzó un profundo suspiro. Había sido más compasivo de niño que de adulto y no había estado a la altura de las expectativas de Poppy. Peor aún, se había aprovechado de su desesperación por la situación en que se hallaba su familia. Le había impuesto sus condiciones, a las que ella hubiera debido negarse por su propio bien; condiciones que solo un canalla egoísta como él le hubiera exigido. Pero ya era demasiado tarde para volverse atrás.

¿Era el egoísmo una característica de los Leonetti? Su padre había sido la encarnación del egoísmo, y su madre en su vida había antepuesto las necesidades ajenas a las suyas propias.

¿Lo habían convertido sus padres en el cruel depredador que era? ¿O lo habían cambiado de forma irrevocable la riqueza, el éxito y la ambición?

Poppy se despertó con la agradable sensación de que el dolor de cabeza le había desaparecido y de que podía tragar y respirar normalmente. Abrió los ojos en una habitación desconocida, pero se dio cuenta de que se hallaba en la cama de un hospital, con el gota a gota puesto, antes de ver sentado a Gaetano en un rincón.

Parecía que lo hubieran apaleado y arrastrado. Su aspecto distaba mucho de ser lo elegante y exquisito que era habitual en él. Estaba despeinado y sin afeitar. No llevaba chaqueta, tenía la camisa desabotonada y las mangas subidas.

En ese momento, alzó la cabeza y sus miradas se encontraron.

A Poppy la asaltaron los recuerdos. Recordó la pasión y el placer que le había mostrado; y su furia por las fotos y su negativa a creer que estuviera enferma. Pero no logró recordar nada más.

Gaetano se levantó y pulsó el timbre que había en la pared.

—¿Cómo estás?

—Mejor que cuando me desmayé. Porque me desmayé, ¿verdad?

—Sí. La próxima vez que te encuentres mal, dímelo.

Poppy hizo una mueca.

—Era nuestra primera noche juntos.

–Eso da igual. Tu salud siempre será lo primero –insistió él–. No soy un niño que no sabe enfrentarse a la frustración.

Ella se sintió aliviada al ver que ya no estaba enfadado. Entró una enfermera y la examinó.

Cuando se hubo ido, Poppy preguntó:

–¿Por qué me desmayé?

–Tenías una infección de la que tu sistema inmunológico no pudo defenderse porque estaba muy débil. De ahora en adelante debes cuidarte más. Pero, primero, dime la verdad; ¿tienes un trastorno alimentario?

–Claro que no. Soy delgada por naturaleza. Bueno, he perdido peso en los últimos meses –reconoció ella a regañadientes.

–Tienes que comer más y dejar de saltarte comidas.

–El día de la boda no comí porque no me encontraba bien –protestó ella.

–¿Y te intimido tanto que no podías habérmelo dicho? –preguntó él levantándose y poniéndose a recorrer la habitación.

–Vamos, Gaetano. Con todos los invitados y todo el jaleo... ¿A qué novia le gustaría aguar la fiesta?

–Debieras habérmelo dicho esa noche.

Poppy bajó la cabeza.

–No estabas de humor para saber que estaba enferma.

–¡Por Dios, daba igual del humor que estuviera!

La palidez del rostro de Poppy fue sustituida por el rubor, pero ella siguió mirando la cama.

–Teníamos un pacto.

–Eso se ha acabado. Olvídalo.

Ella se preguntó a qué se refería, pero, cuando iba a preguntárselo, llegó el médico. Gaetano habló con él en italiano largo rato.

Después le llevaron el desayuno y comió con apetito. El médico le había dicho que tenía que recuperar el peso que había perdido. Reprimió un bostezo cuando Gaetano le retiró la bandeja.

–Duerme un poco. Voy a casa a ducharme y a cambiarme, y te traeré algo de ropa. Si me prometes que vas a comer y a descansar, nos iremos de aquí a última hora de la tarde.

–No estoy inválida –inquieta por su actitud severa, Poppy comenzó a juguetear con la alianza matrimonial–. ¿Qué ha pasado con las fotos de las que me hablaste?

Gaetano se quedó inmóvil durante unos segundos y, después, agarró la chaqueta del respaldo de la silla, de la que sacó un papel.

–Era un engaño.

En el recorte de periódico se veía una foto de calendario con el encabezamiento de *Miss Julio*. En ella, Poppy estaba reclinada en una *chaise longue* con los hombros y las piernas desnudos. Un enorme arreglo floral ocultaba el resto de su cuerpo.

–No me quité las bragas –le aseguró ella–. Pero tuve que quitarme el sujetador porque se veían los tirantes. Fue cuando estudiaba para enfermera y estaba en el equipo femenino de fútbol. Hicimos un calendario para recaudar dinero para un orfanato. No hubo nada provocativo en las fotos. Solo nos lo pasamos bien.

Gaetano se sonrojó.

–Lo sé y lo acepto. Siento haberte gritado. Cuando Rodolfo me enseñó esta foto, me sentí idiota.

–No eres idiota –«solo muy posesivo», pensó ella. Y era algo que no se esperaba. «Mi esposa», había gritado, escandalizado de que alguien más pudiera verla desnuda–. Estás chapado a la antigua en algunos aspectos, lo cual me sorprende –comentó.

–Lo que es mío es mío, y tú eres mía –afirmó él reaccionando visceralmente antes de darse cuenta de lo que decía.

Esa reacción lo puso nervioso. ¿Qué le sucedía? ¿Que Poppy era suya? ¿Desde cuándo? Unas semanas antes, se habría apresurado a agarrarse a la excusa de las fotos para romper su supuesto compromiso. No tenía intención de estar comprometido con ella durante mucho tiempo y había estado esperando que ella hiciera o dijera algo horrible para recuperar la libertad. ¿Cómo había cambiado su forma de pensar de tal modo?

De repente, le pareció que ella era su esposa, su verdadera esposa. ¿Por qué? El sexo nunca había significado tanto para él ni había dado paso a una conexión más profunda con la otra parte. Pero deseaba a Poppy como a ninguna otra mujer, y ese deseo había triunfado.

Poppy se puso colorada.

–En realidad, no lo soy.

–Mientras lleves ese anillo, lo serás.

Poppy no necesitaba que le recordara su verdadera situación. Se le cayó el alma a los pies y cerró los ojos para no ver los bellos rasgos del rostro masculino.

–Túmbate y descansa –le pidió él–. Estás agotada. Volveré después.

«Eres mía». No lo era. Era una esposa temporal. Y el sexo no le confería un estatus distinto. Reprimió un gemido, puso freno a sus pensamientos y se quedó dormida.

Horas después, salió del hospital en silla de ruedas, a pesar de sus protestas. La realidad era que se sentía débil y mareada. Gaetano la tomó en brazos para sentarla en el coche.

Llevaba puesto un vestido vaquero descolorido que Dolores había dado a Gaetano.

–Tengo que comprarte ropa nueva –le dijo él.

–No. Cuando esto termine, cada uno seguirá su camino y esa ropa no me servirá de nada.

–Pero esto no va a terminar enseguida –apuntó él con suavidad.

Poppy examinó su perfil bronceado. Hasta aquel momento, su luna de miel había sido un desastre, pero parecía que él lo soportaba bien. Su comportamiento de marido preocupado y compasivo había estado muy bien, pero ella creía que se había mostrado así por Rodolfo. Al fin y al cabo, se suponía que estaban enamorados, y a un marido que quisiera a su esposa le disgustaría que ella enfermara el día de su boda.

Él volvió la cabeza para mirarla. Había recelo en sus preciosos ojos castaños.

–¿Qué pasa? –preguntó.

–Debiera felicitarte. Finges ser agradable tan bien como si lo fueras de nacimiento.

Él apretó los labios y no le respondió de manera ingeniosa.

–Dolores tiene la intención de hacerte engordar a base de pasta. También le he dicho que te apasiona el chocolate.

«El chocolate y tú», pensó ella.

Sus ojos se encontraron y ella apartó la vista rápidamente esforzándose por no deleitarse en su voz profunda y en su sonrisa. Se excitó como si la recorriera una tormenta eléctrica. Se sintió húmeda por debajo del vientre y los senos se le hincharon. Él la había enseñado a desearlo, y no podía hacer que el deseo desapareciera según le conviniera. Era como una lenta hoguera en su interior que la fuera consumiendo.

Cuando llegaron a La Fattoria, Gaetano insistió en que se fuera directamente a la cama y cenara en ella. No la hizo caso cuando dijo que se encontraba bien y que podía bajar a cenar, sino que le pidió que siguiera los consejos del médico y que descansara.

Le llevó libros y DVD para que se entretuviera y, aunque Poppy estaba cansada, se quedó despierta esperando a que él se fuera a acostar. Se quedó dormida a la una de la madrugada y se despertó cuando él, después de apagar la luz, iba a salir de la habitación.

–¿Adónde vas? –murmuró ella.

–Voy a dormir en la habitación de al lado.

–No hace falta –replicó ella tratando de que no se le notara que la había herido. Estaba deseando que él la volviera a abrazar, y se sintió defraudada.

–Me muevo mucho cuando duermo. No quiero molestarte.

A ella se le cayó el alma a los pies. Tal vez si el sexo no estaba en el menú, él prefiriera dormir solo.

¿Y qué tenía ella que decir al respecto? Era posible que él ya hubiera conseguido todo lo que deseaba de ella. Había oído decir que algunos hombres perdían el interés sexual una vez desaparecida la novedad. Tal vez una noche hubiera sido suficiente para él.

¿Era esa clase de amante? Y, si lo era, ¿qué le importaba a ella? No iba a ponerse en evidencia y a perseguirlo. ¿Por qué iba a hacerlo si su divorcio estaba ya prefijado?

Por eso no tenía sentido que, cuando él se hubo marchado, se arrebujara en la cama y se sintiera sola y rechazada.

—No debieras estar aquí haciendo compañía a un anciano —la regañó Rodolfo mientras Poppy servía café para los dos—. ¿No hay tarta?

—Cinzia la está colocando en una bonita bandeja para traerla. Te estás volviendo muy consentido —le dijo ella con afecto al tiempo que se apoyaba en la pared de la terraza.

Al anciano se le iluminaron los ojos.

—No hay nada de malo en estar consentido. Tú me mimas con tus tartas y Gaetano te mima a ti.

Los luminosos ojos verdes de Poppy se oscurecieron.

—Lo hace. Ahora está trabajando un rato. Le hace feliz.

—Tienes buen aspecto. El día de tu boda parecía que un soplo de viento te fuera a llevar, pero ahora estás...

—¿Más gorda? —Poppy se echó a reír—. Dilo. Estaba demasiado delgada. Estoy mejor con algo más de peso. Dolores me ha estado alimentando como si fuera un pavo de Navidad.

Poppy miró el valle repleto de hileras de viñas. La llamada «casa de los invitados» era un sólido edificio rodeado de árboles, con vistas espectaculares. Siempre había sido el lugar preferido de Rodolfo, y, cuando se cansó de las constantes fiestas de su hijo en la casa principal, se construyó su propio refugio.

Cinzia, que cuidaba de la casa de invitados y de su anciano ocupante, le llevó la tarta de limón que había hecho Poppy.

Gaetano y ella llevaban en la Toscana un mes. Los días pasaban a toda velocidad. En cuanto ella hubo recuperado las fuerzas, Gaetano la llevó a recorrer la zona. La cabeza de Poppy estaba llena de imágenes de obras de arte y maravillas arquitectónicas, así como de recuerdos de naturaleza más personal.

Los pendientes de oro que llevaba eran un regalo de Gaetano que le había comprado en Florencia. En Pisa habían caminado por sus mágicas calles, y él le había dicho que, a la luz del sol, su cabello le recordaba una maravillosa puesta de sol.

Eran recuerdos personales, pero no los recuerdos románticos propios de una pareja de recién casados. No tenían relaciones sexuales. No las habían tenido desde que ella había caído enferma. Él se negaba a hacer caso de sus insinuaciones.

Y ella se negaba a considerar románticas las numerosas noches que habían salido a pasear después de una agradable cena, ya que todas ellas habían dormido en camas separadas.

Gaetano solo se acercaba a ella en presencia de su abuelo, claramente para seguir manteniendo la farsa de que eran una pareja normal. Entonces, la abrazaba y la besaba en el hombro o en la mejilla, como si fuera un amante esposo.

Su desapego le producía a Poppy deseos de gritar y de abofetearlo. ¿Qué había sido del hombre hambriento de sexo que no podía apartar las manos de ella?

Y mientras ella, despierta en la cama e irritada, se preguntaba cómo tentar a Gaetano sin que fuera demasiado evidente, otra preocupación había comenzado a adueñarse de ella.

Al principio se dijo que era una tontería. A fin de cuentas, solo habían tenido sexo una vez y ella se había tomado la píldora anticonceptiva desde el primer día. Cuando se le retrasó la regla, lo atribuyó a su enfermedad o al cambio de dieta.

Conforme fueron pasando los días, la sensación de pánico fue aumentando, por lo que se alegraba de tener que ir al médico al día siguiente para que la examinara, pues ya hacía un mes que había salido del hospital. Le pediría que le hiciera una prueba de embarazo para estar segura.

Sin duda se estaba preocupando sin motivo. No podía estar embarazada.

Dejó a Rodolfo dormitando a la sombra, chasqueó los dedos para llamar a Muffin y se fue paseando a la casa principal.

El perro se había recuperado totalmente de las heridas y se había hecho inseparable de Poppy desde el día en que Gaetano lo había ido a buscar al veterinario.

El animal corría por delante de Poppy mientras ella paseaba bajo la sombra de los árboles. Sonrió al contemplar los campos llenos de amapolas y girasoles.

Desde la boda, hablaba por teléfono con su madre y su hermano una vez a la semana. Damien estaba contento con su nuevo trabajo en tanto que su madre había retomado el contacto con su hermana Jess, que había dejado de verla al volverse alcohólica. Parecía que su madre se iría a vivir con ella a Manchester cuando le dieran el alta.

Esa idea dejó a Poppy una sensación de abandono, pero se reprochó su egoísmo, ya que ella no estaría en disposición de ofrecerle a su madre un hogar en un largo periodo de tiempo. Tenía que seguir fingiendo estar felizmente casada con Gaetano al menos dos años. Y si se sentía desgraciada era porque no había sabido dominar sus emociones.

Su ansiedad por que Gaetano no le prestara atención había sido la primera señal, y echarlo de menos en la cama, la segunda. A partir de ese momento, las señales de alarma se habían multiplicado de forma alarmante.

Si Gaetano la tomaba de la mano, se sentía aturdida; si la acariciaba, se encendía por dentro; si le sonreía, le daba un vuelco el corazón.

Su encaprichamiento juvenil se había convertido en algo mucho más peligroso que no podía controlar y que la desbordaba.

Se había enamorado locamente de un esposo que no era tal.

Era injusto que Gaetano fuera tan guapo y que a ella le resultara tan placentero el simple hecho de mirarlo. Era aún más injusto que fuera una compañía tan agradable y tuviera tan buenos modales.

Además, se preocupaba de que ella comiera y descansara como era debido, lo que había puesto de manifiesto una faceta afectuosa de su personalidad que ella solo había visto antes en su abuelo.

Poppy se sentía estafada, ya que él no iba a quedarse con ella aunque lo amara.

Amaba a Gaetano. Se avergonzaba de que fuera así, cuando él le había advertido, mucho antes de que se casaran, que no cometiera semejante error.

¿Cómo se había vuelto tan predecible? Al madurar había dejado de soñar. Sabía que no la esperaba un final feliz y que tendría que ocultar sus sentimientos a Gaetano, ya que se moriría si él llegaba a sospechar lo que sentía.

No le había pedido que lo amara y no deseaba su amor.

Un coche deportivo que no pertenecía a Gaetano estaba aparcado frente a La Fattoria. Poppy se alisó su exótico vestido rojo y negro, una de las prendas de diseño que Gaetano le había comprado semanas antes. Era atrevido y se sentía cómoda con dicha prenda, por lo que había accedido a que él le renovara el guardarropa, ya que se temía que lo avergonzaría si seguía insistiendo en llevar ropa barata.

De todos modos, Gaetano se lo merecía por haberla seducido con tanto entusiasmo para eliminar después la intimidad entre ambos. Sin embargo, ella seguía sin querer avergonzarlo en público.

Gaetano vio a su esposa desde la ventana. Sus largas piernas se dibujaban por debajo de la fina tela del vestido, que se transparentaba a la luz del sol. Le dolió mucho verlas y recordar la indescriptible y apasionada noche en la que se había deslizado entre ellas.

Apretó los dientes al sentir una opresión en la entrepierna. Cuanto antes se anulara aquel matrimonio y volviera a ser libre, más normal se sentiría.

En realidad, nada había sido normal desde la boda. Estar con Poppy sin poder tocarla lo estaba volviendo loco. Poseía un intenso impulso sexual que nunca había tratado de reprimir. Pero, por primera vez en la vida, estaba tratando de hacer lo correcto con una mujer y lo estaba pasando fatal.

Poppy se merecía más de lo que él podía ofrecerle. Sin embargo, desde que la había vuelto a ver al cabo de tantos años, ninguna otra mujer lo había atraído. Aunque había satisfecho su deseo de ella, seguía deseándola, lo cual era algo que le sucedía por vez primera.

La emoción de la persecución había desaparecido, pero el deseo permanecía con la misma fuerza. Había algo en ella que influía en él de forma distinta a como lo habían hecho otras mujeres. No lo irritaba, no le exigía nada y no le importaba su dinero.

Era extraño, pero le recordaba a su abuela, que se sentía tan a gusto con los miembros del servicio como con quienes iban a visitarla. El encanto de Poppy era inmenso, por lo que no era de extrañar que Rodolfo la idolatrara y el servicio se desviviera por atenderla. ¡Si hasta aquel chucho era su devoto esclavo!

—Perdona, pero tenía que arreglarme —dijo Serena

al volver a entrar en el salón–. Se me olvidó reco-
germe el cabello antes de conducir y estaba completamente despeinada.

Gaetano examinó el dorado cabello de Serena.
Nunca la había visto con un cabello fuera de su sitio.
A Poppy, el cabello se le despeinaba con facilidad, pero
a ella le daba igual. Recordó su radiante melena sobre
la almohada, aquella noche en la cama, y su rostro sofocado y lleno de satisfacción, una satisfacción que él
le había proporcionado.

Poppy entró y se quedó petrificada al ver a Serena.

–Perdona, no sabía que tuvieras compañía.

–No soy compañía, sino una de las más viejas
amigas de Gaetano –le recordó Serena–. ¿Cómo estás, Poppy? Hubiera venido a veros antes, pero, al fin
y al cabo, es vuestra luna de miel.

–¿Te alojas por aquí cerca?

–¿No te ha dicho Gaetano que hace años que mis
padres tienen una casa cerca de aquí? Nos conocimos
cuando éramos adolescentes, en una de las fiestas de
sus padres –le explicó Serena con una radiante sonrisa.

Poppy pensó sombríamente que era una bruja mal-
vada disfrazada de princesa. Sabía dónde hundir el
cuchillo y cómo hurgar en la herida. Le encantaba
alardear del tiempo que hacía que conocía a Gaetano
y de lo bien que lo conocía.

–He venido a pedirte un favor –prosiguió ella dirigiéndose a Gaetano–. La semana pasada me encon-
tré con Rodolfo en el pueblo y me dijo que te ibas a
París mañana, para acudir a una conferencia. ¿Puedo
ir contigo? Como sabes, estoy buscando trabajo, por

lo que me vendría bien que me presentaras a la gente que conoces.

—Desde luego —respondió él—. Te recogeré de camino al aeropuerto.

«¡No, por Dios!», pensó Poppy mientras observaba que Serena miraba a Gaetano con una provocativa sonrisa infantil y un movimiento de cabeza que hizo que sus mechones dorados le enmarcaran su perfecto rostro.

A Poppy le rechinaron los dientes.

—¿Vas a venir tú también? —preguntó Serena.

Pero Poppy se dio cuenta de que esta ya había decidido que Gaetano iría a París solo.

—No, tengo una cita.

—Me gustaría que la hubieras cambiado para otro día. Quería acompañarte —dijo Gaetano, notablemente exasperado.

Poppy frunció la nariz.

—Solo es una revisión médica.

Y no quería que fuera con ella porque no deseaba que se hallara presente cuando hablara con el médico de la posibilidad de estar embarazada.

—Podría anularla e ir a París contigo —sugirió ella de pronto, porque no quería que Serena se quedara a solas con Gaetano.

—Tienes que ir —apuntó él—. De todos modos, estaré de vuelta a última hora de la tarde.

—Yo le cuidaré —prometió Serena con suficiencia.

Poppy se preguntó si se habría dado cuenta de que su matrimonio no era del todo normal. ¿O era que la hermosa rubia no podía imaginarse que un hombre tan bien educado y complejo como Gaetano se hubiera casado con una mujer tan corriente sin que mediara algún secreto?

Palideció ante la satisfacción de Serena. Gaetano llevaba un mes sin estar con una mujer y, como era de esperar, Poppy no quería que estuviera a bordo de su jet privado con una devoradora de hombres como Serena. Pero ¿qué podía decirle a Gaetano teniendo en cuenta la naturaleza de su matrimonio?

Él no le pertenecía; ella no era su dueña.

Pensó que, sin embargo, había otras formas de retener a un hombre. Una de ellas era utilizar el sexo como arma, que era precisamente un comportamiento manipulador que había despreciado antes de enamorarse de Gaetano.

En aquel momento, frente a Serena, que miraba a Gaetano como si fuera una de las siete maravillas del mundo, su postura moral le pareció, de repente, ridícula y peligrosa. El orgullo no le serviría de nada si él sucumbía a las insinuaciones de Serena e iniciaba una relación con ella, una relación que Poppy se temía que pronto acabaría en un divorcio y un nuevo matrimonio, porque no creía que Serena aceptara que la mantuviera oculta ni que Gaetano se resistiera a la posibilidad de conseguir a una mujer que sería una esposa mucho más adecuada para él.

Gaetano soltó el aire lentamente cuando Poppy se reunió con él para cenar con un vestido negro que realzaba su figura. Su mirada se detuvo unos segundos en sus senos y apretó los labios en torno a la copa.

«Mira, pero no toques», se dijo.

–¿Por qué elegiste la carrera de Enfermería? –le preguntó.

Sorprendida por la pregunta, Poppy se encogió de hombros.

–Me gusta cuidar a los demás. Ser necesaria hace que me sienta útil.

–Tu familia te necesitaba –dijo él en tono seco.

Les sirvieron la comida. Después de ingerirla en silencio durante unos minutos, ella dijo:

–Estoy pensando en hacer algo más cuando llegue el momento.

–¿Como qué?

–Jardinería –afirmó ella a la defensiva.

–¿Jardinería? –repitió él, incrédulo.

–Siempre había descartado mi interés por cultivar plantas porque procedo de generaciones de jardineros. Pero supongo que lo llevo en la sangre –comentó ella con ironía–. Claro que, si lo hubiera mencionado, habría acabado trabajando para tu familia, y no quería.

–Nunca he entendido por qué. Somos buenos patrones.

–Sí, pero trabajar en la finca equivale a servir como en los viejos tiempos.

–¿Y qué es trabajar en un bar sirviendo copas? –Gaetano la miró mientras alzaba el vaso de agua y centró su atención en la curva de su seno. Se removió incómodo en el asiento.

–No hay la misma desigualdad entre jefe y empleado que en la finca. No sé explicarlo, pero nunca he aceptado que seas superior a mí simplemente por haber nacido en una familia rica y privilegiada.

–¿He hecho que te sientas así alguna vez?

Poppy empujó el plato y se levantó.

–No puedes evitarlo, te educaron así.

–¿Adónde vas?

–A dar un paseo. Hace una noche preciosa. Habré hecho hueco para el postre cuando vuelva –le dijo a Sean, que estaba retirando los platos.

–Voy contigo –dijo él poniéndose de pie.

Poppy estaba muy inquieta, lo cual no era de extrañar, ya que se había propuesto seducir a Gaetano antes de que tomara el avión para París.

Por desgracia, hablar sobre la profesión que le gustaría desempeñar o sobre el sistema de clases no iba a acercarla a él, y no era muy hábil en el arte del flirteo. Si todo lo demás le fallaba, pensó con tristeza, se metería en la cama de Gaetano y rezaría para que su libido hiciera trizas su desapego.

–Llevas un vestido muy atrevido –comentó él–. La abertura de la falda te deja al descubierto la pierna a cada paso, y también te veo la curva de los senos. No te lo pongas en un sitio público...

Poppy se sintió aliviada de que se hubiera fijado en la provocativa prenda porque eso implicaba que todavía no se había convertido en un mueble para él.

Gaetano le recorrió la columna vertebral con un dedo y fue como si una llama le lamiera la piel desnuda. Ella se estremeció y contuvo el aliento cuando le tocó el nudo debajo de la nuca.

–Si te lo deshago...

–Probablemente, el vestido caería al suelo.

Gaetano lanzó un gemido.

–No me tientes.

–Creía que ya no podía tentarte.

–Siempre me resultas tentadora.

Poppy le lanzó una mirada incrédula.

–Entonces, ¿por qué te mantienes a distancia?

–Debiera haberlo hecho desde el principio. Fui un canalla egoísta al insistir en que tuviéramos sexo.

–Ve a otra con ese cuento.

Al cabo de unos segundos de silencio, Gaetano la miró asombrado y soltó una carcajada.

–Si te gustan las mentiras, te has casado con la mujer equivocada.

–Es evidente –reconoció él al tiempo que se recostaba en una mesa de piedra que había en la zona del jardín desde la que se divisaba una vista panorámica del valle.

–No estoy siendo justa contigo –susurró ella–. ¡Yo también quería sexo!

–Puede que cuando lo tuvimos, pero no antes –la corrigió él.

–¡Por favor, Gaetano! ¡Si me moría de ganas de arrancarte la ropa! –le espetó ella, exasperada–. No he permanecido virgen hasta esta edad por no saber lo que quería. ¡Deja de hablarme como si te hubieras aprovechado de una niña ingenua!

–Pero es que me aproveché de ti –Gaetano la agarró de las manos–. Eras virgen y yo soy un depredador por naturaleza. Tomo lo que deseo. Y te deseaba mucho.

Le bajó las manos para que le rozaran la hinchada entrepierna. Ella lo acarició apreciativamente y él se sobresaltó ante la caricia. Sus ojos brillaban de deseo. La levantó y la apretó contra sí antes de aplastar su boca contra la de ella e introducirle la lengua. Poppy, excitada, sintió humedad entre los muslos.

–Me provocas –dijo él.

–No, voy sobre seguro –le contradijo ella, impotente ante el deseo que la recorría de arriba abajo.

Él tiró del nudo del vestido y lo soltó. Cuando la prenda comenzó a caer, la asió por las caderas y la colocó en la mesa de piedra, antes de meterle la mano por debajo de la falda para agarrarle las braguitas y bajárselas.

–¿Aquí fuera? –susurró ella mientras él se metía la prenda en el bolsillo.

–Aquí fuera porque no pude hacerlo dentro, y creo que puedo prometerte que tendremos una noche muy activa –afirmó él con voz ronca mientras la echaba hacia atrás para atrapar un rosado pezón con sus labios y lamerlo al tiempo que le acariciaba los sonrosados y delicados pliegues del centro de su femineidad.

–Te deseo –afirmó ella jadeando cuando él la acarició.

Gaetano la acarició con el pulgar y, después, le introdujo un dedo. Poppy arqueó la espalda y despegó las caderas de la fría piedra. Y el frío que notaba bajo ella contribuyó a incrementar el calor que sentía en el cuerpo, aplastando sus inhibiciones y acentuando cada sensación hasta niveles insoportables.

–Tan húmeda y tan tensa –dijo él mientras se bajaba la cremallera de los pantalones. Su deseo de ella era tal que creyó sinceramente que se moriría de sobreexcitación si no la penetraba.

Su boca deambuló por las colinas de sus senos lamiéndolos y mordisqueándolos mientras la situaba en el borde de la mesa.

La penetró y ella se quedó sin aliento ante la intensidad de la embestida. Gimió mientras su cuerpo se ajustaba a él como un ardiente guante de terciopelo.

–¡Qué bien! –exclamó él mientras seguía embistiéndola con fuerza.

Poppy no podía pensar, solo sentir. Un torrente de excitación la arrastraba sin que pudiera controlarlo. El calor, el deseo y el placer se fundieron en un glorioso y abrumador éxtasis sexual. Al alcanzar el clímax mordió a Gaetano en el hombro mientras los espasmos la sacudían violentamente entre sus brazos.

Después, se quedó tan floja como una muñeca de trapo. Él le volvió a poner las braguitas, le ató el nudo del vestido y la depositó en el suelo, donde se tambaleó.

–¿Te he hecho daño?

–No, me has dejado alucinada –susurró ella con sinceridad.

–Sacas el animal que hay en mí, *delizia mia* –afirmó él con voz entrecortada, antes de besarla en la cabeza, que ella había bajado.

–Y me gusta –reconoció ella–. Me gusta mucho.

–Entonces, ¿a qué hemos estado jugando las últimas semanas? –preguntó él.

Poppy le lanzó una mirada burlona.

–Me estabas privando del sexo. No tengo ni idea de por qué.

Pero Gaetano no estaba de humor para conversar. Era dolorosamente consciente de la falta de lógica de su comportamiento anterior. No hallaba la respuesta a sus propias preguntas, por lo que era incapaz de explicar o defender sus decisiones ante Poppy.

Había creído sinceramente que, por una vez, estaba comportándose honorablemente y que ella valoraría su contención en la justa medida.

Era evidente que no había entendido nada, ya que ella lo estaba acusando de haberla privado del sexo. ¡Vaya! Seguro que pensaba como un machista, pero era él quien había acusado la privación en mayor medida.

Su inquietante silencio puso nerviosa a Poppy. Tal vez, a pesar de haber gozado de su cuerpo, él prefiriera la distancia que proporcionaba la falta de intimidad. Tal vez le preocupara que se apegara demasiado a él. Tal vez no fuera tan buena actriz como pensaba.

—Solo ha sido sexo —murmuró ella en tono alegre—. No tiene por qué significar nada.

—Ya lo sé —respondió él con sequedad, porque jamás se hubiera imaginado que tendría una esposa que reconociera que lo había utilizado para obtener placer sexual.

Le parecía mal y se sentía ofendido, pero estaba dispuesto a reconocer que haberse casado con Poppy y vivir con ella, al tiempo que intentaba no meterse en su cama, había trastocado sus valores. En cuanto ella se le había insinuado, se había olvidado del honor sin pensárselo dos veces.

De hecho, había sido pan comido para ella. La deseaba como a una droga. Ya estaba pensando en irse con ella a la cama temprano, retomar las caricias al amanecer y dormir la siesta. Serían momentos cuanto más pervertidos mejor, ya que su esposa aún estaba aprendiendo. ¿Importaba acaso que ella solo lo quisiera para obtener placer sexual?

¿Por qué complicar lo que era tan sencillo? Poppy tenía razón: solo era sexo, no algo que hubiera que etiquetar.

Pero, entonces, ¿por qué seguía dándole vueltas?

Capítulo 9

CREO que la medicación que recibió en el hospital puede haber restado eficacia a las medidas anticonceptivas que usted tomó. Claro que ninguna píldora es segura al cien por cien –afirmó el médico–. Por suerte, su salud ha mejorado mucho. Es como si usted hubiera florecido.

Poppy, muy tensa a causa del shock, sonrió. Estaba embarazada, no había posibilidad de error. Y el shock que experimentaría Gaetano cuando se enterara sería aún mayor.

Una noche, un estallido de pasión, un bebé.

Era evidente que Gaetano creería que había tenido muy mala suerte. ¿Qué probabilidad había de que sucediera algo así? ¿Qué querría hacer? ¿Cómo reaccionaría?

Poppy rogó que no esperara que ella quisiera acabar con aquel embarazo.

A pesar de que era cierto que no lo había planeado, quería tener ese hijo, ya que estaba de camino. Sería su bebé y el de Gaetano, una pequeña parte de la herencia de los Leonetti que ni siquiera él podría arrebatarle, se divorciaran o no.

Un niño, o una niña... A Poppy le daba igual el sexo. Se estaba comenzando a emocionar ante la perspectiva de ser madre y se sentía culpable por ello. ¿Cómo podía desear algo que probablemente deprimiría y enfurecería a Gaetano, que prefería planearlo todo y que creía que podía controlar a todos y todo en su vida?

Un bebé sería algo que escaparía completamente a su control. Y él había dejado claro desde el principio que no quería arriesgarse a que ella se quedara embarazada cuando sabían que se iban a separar a corto plazo.

Antes de que su conciencia reprimiera sus impulsos naturales, Poppy fue a una tienda de ropa infantil en Florencia, donde compró una mantilla y unas botitas de encaje. Al salir de la tienda con una bolsa en la mano, vio que sus dos guardaespaldas intercambiaban miradas cómplices y, mientras se reprochaba su ciega compulsión, se apresuró a decirles que necesitaba papel para envolver el regalo.

Al volver a La Fattoria a la hora de comer, Gaetano seguía en París. Pero tal vez se hubiera quedado dormido en el vuelo de ida, pensó Poppy con una sonrisa. Lo había agotado a conciencia. No era probable que un hombre saciado sexualmente se viera tentado por una oferta de sexo extra.

Poppy lo había tenido despierto hasta medianoche y lo había despertado al amanecer de un modo que él le había jurado que constituía la fantasía de cualquier hombre.

Gaetano había reaccionado con increíble entusiasmo. Tenía mucha energía, pensó ella sonriendo. A Poppy le dolía todo el cuerpo, incluso partes que no sabía que pudieran doler, pero había sido por una buena causa.

Seguro que Serena había dejado de ser una amenaza.

Con cualquier excusa tonta, Gaetano había abandonado a Serena en el aeropuerto. Su incesante flirteo había comenzado a irritarlo durante el vuelo. Él se lo había pasado muy bien en los vuelos al comprar su primer jet privado, pero esos días irresponsables se hallaban muy lejos cuando estaba a punto de que lo nombraran consejero delegado del Leonetti Bank.

Estaba muy satisfecho de haber hecho realidad una ambición tan antigua, pero se había pasado más tiempo eligiendo un regalo para Poppy durante un descanso de la conferencia que en pensar en su ascenso.

Paradójicamente, ya que lo había conseguido, significaba para él menos de lo que había esperado. Su vida se encaminaba en aquellos momentos en otra dirección.

A Poppy le entró sueño al final de la tarde y decidió dormir un rato. Tumbada en la cama, se preguntó cuál sería la mejor forma de darle la noticia a Gaetano. Se le llenaron los ojos de lágrimas porque temía su reacción. No era probable que se alegrara de que estuviera embarazada. Aquello los separaría en vez de unirlos. El destino los había enfrentado a algo que no podían esquivar.

Gaetano se sintió defraudado cuando vio que Poppy no estaba esperándolo, a diferencia de Muffin. El perro se lanzó a sus piernas, se negó a sentarse cuando se lo dijo y se puso a ladrar como un loco. El animal no discriminaba: todo aquel que entraba por la puerta era objeto de idéntico recibimiento.

Dolores le dijo a Gaetano que Poppy se había acostado. Él, preocupado, subió la escalera a grandes zancadas. Estaba inquieto por lo que le hubiera dicho el médico, porque estar durmiendo a esa hora era más propio de Rodolfo que de ella.

Cuando Gaetano entró en la habitación, Poppy, a la que habían despertado los ladridos del perro, se izó sobre los codos y le sonrió.

—Anoche te dejé agotada —dijo él con una sonrisa lobuna de satisfacción masculina mientras se situaba a los pies de la cama—. Al saber que estabas acostada, he comenzado a preocuparme por lo que te hubiera dicho el médico, pero ha sido antes de recordar que tenías otro buen motivo para necesitar descansar.

—Es el calor, me da sueño.

Poppy comenzó a ponerse nerviosa mientras examinaba a su esposo.

Con su traje de diseño, era la encarnación de la elegancia y el atractivo masculinos. Ella sintió un cosquilleo en los senos y calor entre los muslos.

—Es extraño; solo he estado unas horas fuera, pero te he echado de menos. ¿Qué te ha dicho el médico?

Poppy se puso tensa y se sentó en el borde de la cama, para no mirarlo de frente.

—Me ha dado una noticia después de hacerme unas pruebas.

—¿Qué noticia? —preguntó él mientras dejaba la chaqueta y se aflojaba la corbata preguntándose si no le parecería a Poppy excesivo que se metiera con ella en la cama.

–Una noticia inesperada. Te va a sorprender.

–Pues adelante, sorpréndeme –dijo Gaetano, inquieto por la reticencia de ella a mirarlo a los ojos.

–Estoy embarazada –afirmó ella en tono cortante, negándose a parecer que estaba nerviosa o que se disculpaba, presentándolo como un hecho objetivo.

Él frunció el ceño.

–¿Cómo vas a estar embarazada? Si acaba de suceder, es muy pronto para saberlo. Y es imposible que fuera la vez anterior.

–No es imposible. Caí enferma ese mismo día y no me tomé la píldora. El médico también cree que la medicación que me dieron en el hospital podría haber interferido en su efecto.

–¿Te quedaste embarazada en la noche de bodas? –preguntó él, asombrado–. ¿Solo con haberlo hecho una vez? ¿Qué eres? ¿La reina de la fertilidad?

–No usaste preservativo.

–No había riesgo.

–Si tienes relaciones sexuales, siempre existe un riesgo. Y en este caso se dio porque acabé en el hospital. En otras circunstancias, probablemente no se hubiera producido.

–Estás embarazada, embarazada –repitió él soltando el aire lentamente mientras se acercaba a la ventana.

Ver que no estaba furioso dio fuerzas a Poppy. Gaetano se estaba enfrentando a la situación. Se le daba bien desenvolverse en momentos de crisis porque mantenía la cabeza fría y aplicaba la lógica.

Y lo que en aquellos momentos se había producido era una crisis de proporciones gigantescas.

Gaetano estaba un poco mareado a causa del shock.

¡Un bebé! ¿Iba a ser padre? No estaba preparado. Tener un hijo era una enorme responsabilidad. Había sido un reto para sus padres, e incluso Rodolfo tuvo que esforzarse mucho para criar al inútil del padre de Gaetano.

¿Cómo iba a arreglárselas? ¿Qué podía ofrecer a su hijo?

Poppy rompió el tenso silencio.

—Gaetano...

Él se dio la vuelta y se pasó la mano por el cabello en un gesto de frustración.

—Un bebé... No me lo puedo creer. Es una enorme complicación.

—Sí —contestó ella—. Para los dos.

—De hecho, es una pesadilla.

A ella le sorprendió esa valoración, mucho más pesimista que la suya, pero trató de no tomársela como algo personal.

—Si eso es lo que piensas, no puedo hacer mucho por cambiar tu opinión.

—No me gusta lo espontáneo ni lo inesperado —reconoció él con expresión sombría—. Un hijo nos volverá la vida del revés.

—Pero, además de desventajas, tiene ventajas.

—¿Ah, sí? Te recuerdo que habíamos planeado nuestro divorcio.

Poppy palideció y se llevó la mano a los ojos. Decir que era una pesadilla había sido un golpe, pero añadir lo del divorcio era aún más duro. Pero ¿qué esperaba de él? ¿Una botella de champán y exclamaciones de alegría?

Se dijo que podía haber sido mucho peor. Gaetano

podría haberle dado a entender que el embarazo era más culpa suya que de él. Pero probablemente aún no hubiera alcanzado ese estadio. Todavía estaba anonadado y la examinaba con sus ojos oscuros.

—Pero es evidente que no podría dejarte que criaras al niño sola —concluyó él—. Parece que tendremos que seguir juntos.

Poppy se puso tensa ante su tono sombrío.

—¿Así que sugieres que ahora nos olvidemos del divorcio?

—¿Qué otra cosa puedo sugerirte? Llevas dentro de ti la siguiente generación de la dinastía Leonetti. Nadie espera que lo hagas sola, y mucho menos yo. A mí me educaron muy mal, a pesar de tener a ambos progenitores. Nuestro hijo nos necesitará a los dos, así como un hogar estable en el que criarse.

—Pero no es lo que habíamos planeado —le recordó Poppy reprimiendo la ira bajo una expresión de aparente calma.

No iba a ganar nada perdiendo los estribos, se dijo, pero el enfoque práctico de Gaetano le parecía insultante. Estaba de acuerdo en que lo ideal era que un niño tuviera dos progenitores y un hogar estable, pero ¿a qué coste? Si los padres se sacrificaban, pero no eran felices, ¿cómo iba a ser eso bueno para nadie?

Poppy no deseaba tener a su lado a un marido mal dispuesto y a un padre renuente. No se trataba de llevar una cruz durante años sabiendo que no beneficiaba a nadie. Si eso era lo mejor que Gaetano le ofrecía, podía quedárselo, al igual que la alianza matrimonial. Deseaba más, necesitaba algo más que a un hom-

bre que siguiera casado con ella porque se había quedado embarazada.

–Es imposible que nuestro matrimonio resulte
peor que el de mis padres –apuntó él con ironía–. In-
tentaremos hacerlo lo mejor posible.

–Es un objetivo deprimente, Gaetano.

–¿Por qué? Continuaremos como hasta ahora,
pero al menos no estaremos viviendo una mentira en
beneficio de Rodolfo.

–No, no tendrás que seguir viviendo una mentira
–dijo Poppy mientras se dirigía a la puerta.

–¿Adónde vas?

Impulsada por una mezcla de ira y dolor, ella hizo
caso omiso de la pregunta y subió al piso de arriba
para dirigirse a su habitación a hacer las maletas.

Desde el descansillo, Gaetano la miró perplejo.

–¿Qué haces?

–Tu pesadilla te va a abandonar –le espetó ella.

Él contraatacó con vehemencia.

–No he dicho que seas una pesadilla.

–No, se lo has llamado al bebé que voy a tener, lo
que es peor. Aunque este hijo no haya sido planeado
y constituya una inesperada sorpresa, yo ya lo quiero.

–¡*Dio mio*, Poppy! –exclamó Gaetano mientras
ella sacaba la ropa del armario y las perchas volaban
en todas direcciones–. ¿Quieres tranquilizarte?

–¿Por qué iba a hacerlo? ¡Estoy embarazada y mi
esposo cree que es una pesadilla!

–No era eso lo que quería decir.

–Y parece que crees que no tengo más alternativa
que seguir casada contigo. Pues, para tu información,
Gaetano, ¡puedo tener al bebé y arreglármelas perfec-

tamente sin ti! No te necesito. Me merezco algo más. ¡No pienso seguir casada con alguien que solo está conmigo porque cree que es su deber!

—Yo no he dicho eso.

—¡Eso es exactamente lo que has dicho! —exclamó ella mientras lanzaba una maleta sobre la cama y la abría—. Pues esta pesadilla se marcha. Seguro que hay mejores opciones esperándome que tú.

Gaetano, inmóvil, palideció y la miró fijamente.

—Es probable, pero deseo fervientemente que te quedes.

—No es cierto. Crees que nuestro hijo será la guinda del pastel para Rodolfo, pero no quieres seguir casado ni ser padre.

—Quiero seguir casado contigo. Y sé que puedo aprender a ser un buen padre. A lo que me refería cuando he dicho que era una pesadilla era a la situación de no estar preparado para tener un hijo. No me gustan las sorpresas, pero sé esquivar los golpes que se me vienen encima. Y te aseguro que verte hacer las maletas es un duro golpe.

La firmeza de su tono la sorprendió. Se detuvo para doblar de cualquier manera un vestido y lanzarlo a la maleta. Después lo miró con expresión de que no la había convencido.

No iba a hacerle caso, se dijo a toda prisa. Ya había tomado una decisión Era mejor dejar a Gaetano con la cabeza bien alta que pensar en darle otra oportunidad.

—¿Ah, sí? ¿Eres capaz de cambiar de opinión hasta ese punto? ¿Vas a aceptar que sigamos casados sin creer que me estás haciendo un favor? —le preguntó ella con desprecio–. ¿Vas a aceptar a nuestro hijo como el regalo que es?

–Sé que te lo puse difícil cuando me casé contigo –Gaetano apretó los labios, sorprendido de haberlo reconocido–. No soy una persona de trato fácil, pero me sé adaptar y aprendo de mis errores. Mi actitud hacia ti ha cambiado por completo.

–¿En qué sentido? –preguntó ella.

Necesitaba que él afrontara la importante decisión que intentaba tomar por los dos. No quería que decidiera que debían seguir casados para después cambiar de opinión por sentirse coartado. Ella tenía que saber y entender exactamente lo que pensaba, sentía y esperaba. ¿Cómo, si no, iba a tomar una decisión?

–No quiero hablar de eso ahora.

–¿Por qué no?

–Porque, a veces, el silencio es oro y la sinceridad puede no ser el camino adecuado –dijo él de mala gana–. Y seguro que vuelvo a meter la pata.

–Pero debieras poder contármelo todo. No debiera haber secretos entre nosotros ¿En qué sentido ha cambiado tu actitud hacia mí? –insistió ella, impulsada por una mezcla de curiosidad y de obstinación.

Gaetano levantó los ojos al cielo durante unos segundos y luego respiró hondo.

–Te pedí que fingieras que estábamos prometidos porque creí que me avergonzarías en tu papel de prometida.

El shock que experimentó Poppy fue seguido de una oleada de dolor.

–¿De qué forma?

–Había supuesto cosas equivocadas sobre ti –reconoció él en un tono lleno de remordimientos–. Supuse que seguirías diciendo palabrotas, que te sentirías totalmente perdida en mi mundo. De hecho, creí que tu excentricidad a la hora de vestirte, que toda tú horrorizarías a mi abuelo y lo disuadirías de la idea de que me casara, de modo que, cuando el compromiso se rompiera, se sentiría aliviado en vez de defraudado.

Gaetano se calló, pero sus palabras continuaron intentando abrirse paso en el cerebro de Poppy, que se hallaba en estado de shock y a punto de vomitar.

Gaetano la vio palidecer con expresión tensa.

–Así que esa es la clase de hombre que soy, la clase de hombre con el que seguirías casada y el padre de tu hijo. Sé que no es agradable, pero te has ganado el derecho a saber la verdad sobre mí. Suelo ser un perfecto canalla –afirmó en tono sombrío–. He intentado utilizarte de una forma cruel y ni por un momento pensé en cómo os afectaría esa experiencia a Rodolfo y a ti.

Poppy se abrazó como si quisiera evitar que saliera de su interior el torrente de dolor que experimentaba. No soportaba seguir mirando a Gaetano.

Él se había dado cuenta desde el principio de que ella no se merecía ser su prometida, por lo que había planeado utilizar sus peores rasgos de carácter y la pobreza de su familia como excusa para dejarla plantada sin enfrentarse a su abuelo.

En resumen, Gaetano la había elegido como su falsa prometida por ser la que tenía más posibilidades de avergonzarlo en público.

Que hubiera supuesto eso, la dejó anonadada, ya que no se había dado cuenta desde el principio de la cantidad de prejuicios que seguía teniendo sobre ella. Se quedó destrozada y sintió una insoportable humillación.

Pero, entonces, ¿cómo podía Gaetano adaptarse a seguir casado con ella durante años?, ¿a criar a un hijo con ella?, ¿a hacerla aparecer en público?

—Cuando te elegí para que fracasaras, fue el momento en que caí más bajo —confesó él con voz ronca—. Me equivoqué por completo. Demostraste que eras mucho más de lo que me esperaba y me avergoncé de mi plan original.

—Pero no me lo contaste cuando nos casamos —susurró ella con la voz quebrada mientras retrocedía hacia la puerta, desesperada por lamerse las heridas en privado.

—Siempre has sido sincera conmigo. Estoy intentando respetarte de la misma forma.

—¡Hace dos meses no me respetabas en absoluto! —exclamó ella con amarga exactitud.

—Eso cambió muy deprisa —le aseguró él al tiempo que avanzaba hacia ella. Deseaba con todas sus fuerzas abrazarla, pero se resistió cerrando los puños—. He aprendido a respetarte y a muchas otras cosas.

Poppy, que se sentía como si le estuviera clavando un puñal en el corazón, le espetó:

—No has aprendido nada. Eres duro de mollera para todo lo que de verdad importa, desde dar a Muffin otra oportunidad hasta criar a nuestro hijo. ¿Cómo voy a volver a fiarme de ti?

Poppy salió de la habitación y él se contuvo para no seguirla. No quería que bajara corriendo las escaleras y se cayera por huir de él.

Lanzó un gemido. Tal vez hubiera debido seguir fingiendo que era un hombre mejor de lo que era, pero, al final, Poppy lo hubiera descubierto. Ella no se preocupaba de tonterías y veía lo que realmente importaba, del mismo modo que él, por fin, lo había visto.

Por desgracia, esa comprensión le había llegado demasiado tarde. No era duro de mollera en lo referente a cuestiones emocionales, sino que estaba falto de práctica. Era algo que no había tenido en cuenta hasta que apareció Poppy.

Poppy salió corriendo de la casa. Necesitaba aire, espacio y silencio para recuperarse. El jardín se hallaba suavemente iluminado; las luces a ras de tierra alumbraban las hojas y producían sombras en los rincones.

Tenía el rostro bañado en lágrimas y se las secó con enfado. ¡Maldito fuera!, se repetía una y otra vez. Lo que le había confesado la había herido en lo más hondo. Amaba a Gaetano. Siempre había sido su ideal masculino: guapo, inteligente, rico y deslumbrante. Por primera vez se veía a sí misma a través de sus ojos y le resultaba tan humillante que quería que se la tragara la tierra.

Gaetano solo recordaba a la chica atrevida, malhablada y vestida de forma excéntrica que podía dejarlo en ridículo. Su abuelo le había recomendado que buscara a «una chica corriente». ¿Y a cuántas de esa clase conocía Gaetano?

A ninguna, hasta que ella apareció aquella noche en Woodfield Hall para rogarle una compasión de la que carecía.

¿Que lo avergonzaría en público? Sí, porque vestía de forma no convencional, tenía una familia disfuncional y no sabía cómo moverse en los círculos de la gente adinerada. Pues bien, nada había cambiado y ella nunca llegaría a alcanzar el listón de la aceptabilidad social.

Poppy se estremeció con una mortificante sensación de derrota y fracaso. A diferencia de Gaetano, a ella nunca le habían importado esas cosas. Y lo peor de todo era que él le proponía que siguieran casados porque estaba embarazada.

Se sentó en uno de los fríos asientos de piedra que había alrededor de la mesa y se sonrojó, a pesar del frío, al recordar lo que había sucedido en aquella mesa solo un día antes.

Gaetano había hecho lo correcto al contarle la verdad porque ella debía conocerla y aceptarla para no seguir tejiendo sueños estúpidos sobre un futuro compartido.

Entonces, ¿cómo iba a seguir casada con un hombre que la había elegido para avergonzarlo en público?

En tales circunstancias, no podía seguir casada con Gaetano. Aunque estuviera embarazada, tenía que divorciarse de él.

—Poppy...

Ella se puso tensa. Gaetano debía de haberse acercado andando por la hierba, porque, si lo hubiera hecho por el sendero de gravilla, lo habría oído. Respiró hondo y endureció la expresión antes de alzar la cabeza.

—¿Hubiera debido mantenerlo en secreto? —le preguntó él en voz baja.

Sabía que estaba trastornada. La miró fijamente y vio que había llorado.

—No —replicó ella—. Has hecho bien en decírmelo. Me será difícil vivir con lo que ahora sé, pero no se puede forjar una relación con mentiras y fingimiento.

—No me dejes. Me asusta hasta la mera idea de estar sin ti. No me gustaría la vida si no estás tú en ella.

Poppy no se imaginaba a Gaetano asustado y creía que su vida sería mucho más normal sin ella. Su hijo se merecía algo mejor que criarse con unos padres desgraciados e infelices en su matrimonio. Era preferible el divorcio. Gaetano podría ver al niño todo lo que quisiera, pero ella no tendría que vivir con él. Los dos podrían educar a su hijo viviendo separados.

—No puedo seguir casada contigo. ¿Qué sentido tendría?

—No se me da bien manejar las emociones. Sé enfadarme, ser apasionado y ambicioso, pero no otra cosa. Perdí la capacidad de serlo cuando era un niño. Quería a mis padres, pero ellos eran incapaces de quererme, y me daba cuenta. También me di cuenta de que, en comparación con ellos, yo sentía demasiado. Aprendí a ocultar mis sentimientos y, al final, se convirtió en un hábito que no necesitaba controlar. Las emociones te hacen sufrir; el rechazo también. Así que me aseguré de estar a salvo no sintiendo nada.

Involuntariamente, Poppy se conmovió por que le estuviera hablando de sus padres en un esfuerzo por salvar el vacío que se había abierto entre ellos. Gaetano nunca hablaba de su infancia, pero ella nunca olvidaría su reacción al morir su perro, su forma de negarse a demostrar emoción alguna.

–Tiene lógica –reconoció ella.

–La única mujer a la que quise después de que mi madre me abandonara fue a mi abuela.

–Creí que Serena y tú...

–No. Me alejé de ella porque no sentía nada.

Poppy inclinó la cabeza mientras se preguntaba por qué Gaetano intentaba evitar que ella lo dejara.

–No soy duro de mollera –aseveró él–. Pero estaba confuso sobre ti mucho antes de la boda. Por desgracia, casarme contigo solo ha aumentado mi confusión.

–¿Confuso?

–Me impliqué mucho en los preparativos de la boda.

–Sí, y me sorprendió.

–Quería que fuera algo especial. Me volví muy posesivo con respecto a ti. Supuse que sería porque no nos habíamos acostado.

–Por supuesto –afirmó ella, como si se esperase lo que le acababa de decir.

–En realidad, solo pensaba en términos sexuales.

Poppy le sonrió con tristeza.

–Ya lo sé. Básicamente, es tu único modo de comunicarte en una relación.

–Eres la única mujer con la que he tenido una relación.

Poppy lo miró fijamente.

–¿Cómo puedes afirmar eso con tu reputación?

–Todas las semanas posteriores a tu enfermedad en las que no te toqué, pero en las que estuvimos juntos todo el tiempo, fueron mi versión del noviazgo –apuntó él–. Las aventuras que he tenido con otras

mujeres nunca han ido más allá de una cena seguida
de sexo, o una representación teatral seguida de sexo,
o...

–Vale, ya me hago una idea –lo interrumpió ella
apresuradamente mientras le miraba el rostro con creciente fascinación–. Me estabas hablando de tu versión del noviazgo.

–Quería conocerte.

–No, te sentías culpable porque yo había caído enferma. Por eso no volviste a dormir conmigo y te de-
dicaste a entretenerme.

–No soy masoquista. Pasaba tanto tiempo contigo
porque me divertía –la contradijo él–. Y no te tocaba
porque no quería ser egoísta. Pensé que estarías más
contenta si no te exigía nada más.

Poppy lo fulminó con la mirada.

–Te equivocaste.

–Reconozco que contigo me he equivocado en todo.

El tierno corazón de Poppy se compadeció de él.

–No, el sexo contigo fue inmejorable, y tu versión
del noviazgo, encantadora. Me hiciste feliz, Gaetano.
Ganaste muchos puntos.

–Hoy te he comprado una cosa y hasta después de
haberlo hecho, y de haberme dado cuenta de lo que
simbolizaba, no me he entendido a mí mismo –observó él mientras se sacaba una cajita del bolsillo.

Poppy examinó el nombre de una famosa joyería
con sorpresa y abrió la caja. Era un anillo, un aro de
diamantes que brillaban como llamas a la luz eléctrica. Lo miró, confusa.

–Es un anillo para la eternidad –afirmó él en voz
baja.

Poppy se rio.

–Es una extraña elección cuando, antes de que volvieras a casa y te diera la noticia, estabas decidido a divorciarte.

–Pero expresa perfectamente lo que siento –Gaetano carraspeó, visiblemente turbado–. Me desgarra que me digas que vas a dejarme. Me he enamorado de ti, Poppy. Sé que es amor porque nunca había sentido nada igual y porque me horroriza la idea de perderte.

–Te has enamorado...

–No pensé que pudiera sucederme –se apresuró a añadir él–. Tampoco quería que sucediera. No deseaba atarme a nadie, pero apareciste tú y eras tan perfecta que no supe resistirme.

–¿Per-perfecta? –tartamudeó ella.

Gaetano clavó una rodilla sobre la hierba húmeda y le tomó la mano. Le quitó el anillo de compromiso y le puso el anillo para la eternidad junto a la alianza matrimonial.

–Para mí, eres perfecta. Sabes cómo soy y conoces mis defectos. El dinero no te importa, no te impresiona. Me haces increíblemente feliz. Haces que me interrogue sobre mi comportamiento y que piense sobre lo que hago. Contigo, soy más y mejor, y necesito eso. Te necesito en mi vida.

Ella lo había escuchado, pero no se creyó sus palabras ni verlo allí de rodillas, a sus pies, mientras la mano con la que había agarrado la suya le temblaba levemente porque tenía miedo de que no le hiciera caso, de que no reconociera que la amaba.

Ese miedo la conmovió profundamente haciéndola

olvidar sus temores sobre Serena y la terrible inseguridad que la había hecho salir huyendo de la casa. De repente, todo aquello dejó de existir porque Gaetano la amaba, Gaetano la necesitaba.

—Te quiero mucho. No podía soportar la idea de perderte, y lo primero que he pensado cuando me has dicho que estabas embarazada ha sido: «Ahora se quedará». Y me ha supuesto un enorme alivio pensar que, aunque no me amaras, te quedarías para que criáramos juntos a nuestro hijo.

—Claro que te amo —murmuró ella inclinándose para besarlo.

—¿No lo dices porque yo te lo he dicho primero?

—Te amo de verdad.

—¿Aunque no hay nada en mí que sea digno de ser amado?

—Has crecido en mí como el moho.

Él soltó una carcajada al tiempo que se levantaba y la tomaba en sus brazos.

—¿Como el moho?

Poppy miró sus hermosos ojos y el corazón le dio un vuelco de alegría.

—Me encanta el queso —respondió a la defensiva.

—¿Te gusta el anillo?

—Mucho —contestó ella sin vacilar y sonriéndole—. Pero sobre todo me gusta lo que simboliza. No quieres que me vaya, quieres que me quede contigo.

—Y quiero que sea para siempre. Si no es para la eternidad, no será suficiente.

—Lo de nuestro hijo ha sido una sorpresa, ¿verdad? —Poppy suspiró mientras volvían a la casa de la mano.

—Una maravillosa sorpresa. Un milagro.

Se detuvo para besarla. Y ella se abandonó a aquel beso. Él le apoyó la espalda en un árbol, apretándose contra ella, excitado. Ella se excitó también.

–Vamos a la cama –propuso Poppy.

–Aún no hemos cenado y una futura madre debe alimentarse bien –afirmó Gaetano arrastrándola hacia la casa.

La mesa estaba puesta en la terraza, pero ninguno de los dos comió mucho. Entre las miradas intensas que intercambiaron y la insinuante conversación, no tardaron mucho en subir la escalera con lentitud que se transformó en risas y torpes abrazos cuando ella lo empujó y lo tiró al suelo del dormitorio.

Cuando llegaron a la cama y él quitó la maleta que ella había dejado encima, ya estaban besándose y abrazándose tan estrechamente que les resultó difícil quitarse la ropa. Pero consiguieron, entre besos, caricias y promesas, hacer el amor con pasión y excitación, para acabar abrazados, seguros de su amor y hablando del futuro.

Poppy miró por la ventana y vio a sus hijos con Rodolfo. Sarah lo había tomado de la mano y hablaba con él, con el rostro animado bajo un halo de rizos pelirrojos. Benito montaba en su triciclo frente a ellos, sin tener en cuenta que la gruesa gravilla del sendero hacía imposible que un niño pequeño pedaleara.

Sarah tenía cuatro años y se parecía físicamente a su madre, pero tenía el carácter del padre. Ya sabía los números, era muy reflexiva y le gustaba cuidar de su hermano, aunque era algo mandona.

Benito tenía dos años, ojos y pelo oscuros, y no se estaba quieto un momento. Normalmente se dormía en brazos de su padre mientras le contaba un cuento a la hora de dormir.

A veces, o al menos hasta que miraba a su familia, a Poppy le resultaba difícil de creer que llevara cinco años casada. Aunque Gaetano hubiera sido un tardío defensor de la vida familiar, se había adaptado a ella y le había tomado gusto.

Adoraba a sus hijos y volvía a toda prisa a casa para estar con ellos. Había logrado convencer a Poppy de que tuvieran el tercero. Ella le había dicho con firmeza que sería el tercero y el último, a pesar de que le gustaba cómo había aumentado la familia.

Se alegraba de que no hubieran esperado para tener más hijos y de que Sarah los hubiera pillado por sorpresa. Además, el hecho de que no mediaran muchos años entre ellos les permitiría crecer y jugar juntos.

Pero, al mismo tiempo, Poppy estaba deseando tener más tiempo para dedicarse a lo que le gustaba. A lo largo de los años, había hecho varios cursos de diseño paisajístico y tenía la intención de montar una empresa dedicada a esa actividad.

Había vuelto a diseñar los jardines de La Fattoria para hacerlos más accesibles a los niños y había realizado varios encargos de amigos, uno de los cuales había ganado un premio.

Si quería relajarse, se metía en el invernadero a cuidar las raras orquídeas que coleccionaba.

Gaetano era consejero delegado del Leonetti Bank. En sus frecuentes viajes al extranjero, Poppy y los niños lo acompañaban. Ponía a su familia por encima de todo lo demás.

Jasmine, la madre de Poppy, se había recuperado y estaba estudiando para ayudar a otros como la habían ayudado a ella. Vivía en Manchester con su hermana, pero viajaba con frecuencia a Londres, al igual que Damien, el hermano de Poppy, que, con el apoyo de Gaetano, había montado un taller de reparación de motos.

No había ni una nube en el cielo de Poppy: era feliz.

Por desgracia, Muffin había muerto de viejo el año anterior, pero lo habían sustituido por un labrador al que le gustaba jugar con los niños.

—Adivina quién soy —unas manos le taparon los ojos al tiempo que un cuerpo delgado se apoyaba en el suyo.

Poppy sonrió. Aspiró el familiar aroma de la colonia de Gaetano mientras sus manos la acariciaban en lugares prohibidos.

—Eres el único obseso sexual que conozco —bromeó ella al tiempo que ahogaba un gemido cuando la mano que le acariciaba el vientre, ligeramente hinchado, descendió en círculos provocándole una dulce sensación.

Gaetano giró a su esposa y ella lo abrazó por el cuello.

—Siento haber dormido hasta tarde y no haberte visto por la mañana.

—Te levantaste anoche para estar con Benito, que había tenido una pesadilla, amor mío. Por eso no te he despertado.

Poppy lo besó en los labios. Quería llevárselo a la cama. Su deseo de él no se había apagado.

Él se quitó la chaqueta y la miró con ojos brillantes.

—Dúchate conmigo.

—Prométeme que no me mojarás el cabello.

Él esbozó una sonrisa traviesa.

—De sobra sabes que no puedo prometértelo —afirmó—. A veces, uno se deja llevar. ¿Acaso es culpa mía?

Ella se quitó el vestido.

—Por supuesto que sí.

Gaetano la observó complacido.

—¿Te he dicho lo increíblemente sexy que resultas estando embarazada?

—Puede que me lo hayas dicho un par de veces.

—A veces me cuesta creer que seas mía. Te quiero tanto, amor mío —afirmó él con pasión al tiempo que la tomaba en brazos con cuidado y la besaba hasta dejarla sin aliento.

—Yo también te quiero —dijo ella entre besos, feliz de saber que, en efecto, el cabello se le iba a mojar mucho.

Bianca

Exclusiva: *El soltero más codiciado de Sídney se casa…*

El multimillonario Jordan Powell solía aparecer en la prensa del corazón de Sídney y, en esa ocasión, lo hizo con una mujer nueva del brazo.

Acostumbrado a que todas se rindieran a sus pies, seducir a Ivy Thornton, más acostumbrada a ir en vaqueros que a vestir ropa de diseño, fue todo un reto.

Pero Ivy no estaba dispuesta a ser una más de su lista.

ESPOSA EN PÚBLICO
EMMA DARCY

Emparejada con un millonario
Kat Cantrell

El empresario Leo Reynolds estaba casado con su trabajo, pero necesitaba una esposa que se ocupara de organizar su casa, que ejerciera de anfitriona en sus fiestas y que aceptara un matrimonio que fuera exclusivamente un contrato. El amor no representaba papel alguno en la unión, hasta que conoció a su media naranja...

Daniella White fue la elegida para ser la esposa perfecta de Leo. Para ella, el matrimonio significaba seguridad. Estaba dispuesta a renunciar a la pasión por la amistad. Sin embargo, en el instante en el que los dos se conocieron, comenzaron a saltar las chispas...

Que no la amaba era una mentira que
se hacía creer a sí mismo

¡YA EN TU PUNTO DE VENTA!

Bianca

¡Si esperaba que se comportara como una mujer débil y manipulable, aquel arrogante iba a llevarse una sorpresa!

Cuando el jeque Mikael Karim pilló a la conocida modelo Jemma Copeland en pleno desierto burlando las leyes de Saidia, solo pudo pensar en una cosa: en que le había servido en bandeja la oportunidad de vengarse de la destrucción de su familia. Bastaba con que pusiera a Jemma ante una elección inevitable: prisión o matrimonio.

Jemma necesitaba aquel trabajo de modelo, ya que su vida había quedado destrozada por el escándalo que impactó de lleno contra su familia. ¡Y no sabía que estuviera transgrediendo la ley! Pero la reacción que provocó en ella el ofrecimiento incomprensible de Mikael desató su furia.

LUNA DE MIEL EN ORIENTE
JANE PORTER

[9]